회전목마의
데드히트

회전목마의
데드히트

무라카미 하루키 소설

권남희 옮김

문학동네

일러두기

1. 이 책은 『회전목마의 데드히트』(2010)의 개정판으로, 1991년 고단샤에서 간행된 『村上春樹全作品 1979~1989 ⑤ 短篇集 II』를 번역의 저본으로 삼았습니다.
2. 본문 중의 주석은 옮긴이주입니다.
3. 방점과 중고딕은 원서의 표시에 따른 것입니다.

차례

회전목마의 데드히트

여기 수록된 문장을 소설이라고 부르는 데 대해 나는 약간의 저항감을 느낀다. 좀더 분명히 말하자면, 이건 정확한 의미에서의 소설이 아니다.

　소설을 쓰려고 할 때, 나는 모든 현실적인 재료―그런 게 있다면―를 큰 냄비에 한꺼번에 집어넣고 원형을 확인할 수 없을 때까지 용해시킨 다음, 그걸 적당한 모양으로 뜯어서 사용한다. 소설이라는 건 많든 적든 그런 것이다. 리얼리티라는 것도 그런 것이다. 빵 가게의 리얼리티는 빵 속에 존재하는 것이지, 밀가루 속에 있는 것이 아니다.

　그러나 여기 수록된 문장은 원칙적으로 사실에 준하고 있다. 나는 많은 사람들에게서 다양한 이야기를 듣고 그걸 문장으로 옮겼다. 물론 당사자에게 폐를 끼치지 않도록 세부 사항을 이리저리 바꾸었기에 완전히 사실이라고 할 수는 없지만, 그래도 이야기의 큰 줄거리는 사실이다. 이야기를 재미있게 하기 위해 과장한 것도 없고 덧붙인 것도 없다. 나는 들은 대로의 이야기를 가능한 한 분위기를 흐트리지 않고 문장으로 옮긴 셈이다.

나는 이런 일련의 문장을—편의상 스케치라 부르기로 하겠다—처음에는 장편에 착수하기 위한 워밍업으로 생각하며 쓰기 시작했다. 사실을 가능한 한 사실대로 쓰는 작업이 나중에 뭔가 도움이 될 거라는 생각이 문득 들었기 때문이다. 그래서 처음에는 이러한 스케치를 활자화할 생각은 전혀 없었다. 이것들은 기분 내키는 대로 썼다가 서재 책상 속에 던져놓은 다른 무수한 단편적인 글들과 같은 운명을 걸을 예정이었다.

그러나 세 편 네 편 써나가는 동안 나는 그 이야기들 하나하나가 어떤 공통점을 가지고 있다는 것을 깨닫게 되었다. 그것들은 '이야기해주길 바라고' 있었다. 내게는 기묘한 체험이었다.

이를테면 소설을 쓸 때, 나는 내 스타일이나 소설의 전개에 따라 극히 무의식중에 소재가 될 만한 단편을 고른다. 그러나 내 소설과 나의 현실 생활은 구석구석 빈틈없이 일치하는 게 아니어서(그렇게 말하자면 나 자신과 내 현실 생활 역시 일치하지 않는다), 아무래도 내 안에는 소설로 채 쓰지 못한 앙금 같은 것들이 쌓인다. 내가 스케치에 사용했던 건 그 앙금 같은 것들이었다. 그리고 그 앙금은 내 의식 밑바닥에서, 어떤 형태를 빌려 이야기될 기회가 오기를 기다리고 있다.

이런 다양한 종류의 앙금을 쌓아두게 된 원인 중 하나는 내가 타인의 이야기를 듣는 것을 좋아하기 때문일 거라 생각한다. 솔직히 말해 나는 내 이야기를 하기보다는 남의 이야기를 듣는 쪽이 훨씬 좋다. 뿐만 아니라, 내게는 타인의 이야기 속에서 재미를 발견하는 재능도 있는 것 같다. 사실 대부분의 다른 사람들 이야기가 나 자신의 이야기보다 훨씬 재미있다. 그것도 특수한 사람의 특수한 이야기보다는 평범한 사람의 평범한 이야기가 훨씬 재미있다.

이런 능력—타인의 이야기를 재미있게 들을 수 있는 능력—은 구체적으로 어딘가에 도움이 되는 것은 아니다. 나는 최근 몇 년 간 소설을 써왔지만, 소설가로서 이런 능력이 무슨 도움이 되었던 기억은 한 번도 없다. 몇 번쯤은 있었을지 모르지만, 적어도 기억나는 것은 없다. 상대방이 말하고, 내가 들었던 그 이야기들이 내 안에 쌓여가는 것뿐이다.

만약 그런 능력이 나의 소설가로서의 기질에 적잖은 기여를 했다면, 그건 일종의 인내를 익힐 수 있었다는 것 정도가 아닐까 생각한다. 재미라는 건 인내라는 필터를 통해서 비로소 표출

되는 게 아닌가 싶고, 소설의 문장이란 것도 대부분은 그런 위상 위에 성립한다. 재미라는 것은 수도꼭지를 틀어서 컵에다 물을 받아 자, 여기 있어요 하고 권할 수 있는 종류의 것이 아니다. 어떤 때는 기우제 춤까지도 필요로 한다. 그러나 그것은 이 글의 취지와는 관계없는 이야기다. 이야기를 처음으로 돌리자.

사람들의 이야기는 대부분 흘러갈 데를 찾지 못한 채 내 안에 쌓여 있다. 그것은 아무데도 가지 않는다. 밤에 내리는 눈처럼 조용히 쌓여만 간다. 이것은 타인의 이야기를 듣는 걸 좋아하는 사람들 대부분이 떠안는 고충이다. 가톨릭 신부라면 사람들의 고백을 천상이라는 대 조직에 넘겨줄 수 있지만, 우리에게는 그런 편리한 상대도 없다. 자기 자신 속에 간직하고 살아갈 도리밖에 없는 것이다.

카슨 매컬러스의 소설에도 조용한 벙어리 청년이 등장한다. 그는 누가 어떤 이야기를 하건 친절하게 귀를 기울이고, 때론 동정하고 때론 함께 기뻐한다. 사람들은 끌려들듯 그의 주변에 모여들어 이런저런 고백을 하고 마음을 털어놓는다. 그러나 마지막에 청년은 목숨을 끊는다. 그제야 사람들은 자신들이 모든 것을 그에게 떠맡기기만 하고 누구 하나 그의 심정을 헤아리지 못했음을 깨닫는다.

물론 그렇다고 해서 내 모습을 그 벙어리 청년에게 오버랩시키려는 것은 아니다. 나 역시 누군가에게 내 이야기를 할 때가 있고, 그걸 문장으로 쓰기도 한다. 그러나 그럼에도 앙금이라는 것은 몸속에 확실히 쌓여간다. 내가 말하고 싶은 건 그런 것이다.

그렇기에 내가 소설이라는 형태를 일시적으로 방기했을 때, 이러한 일련의 재료가 내 의식의 수면에 매우 자연스럽게 떠오르는 것일 터이다. 내게는 이 스케치들이 의지할 데 없는 고아처럼 느껴진다. 그들은 어떤 소설에도 어떤 문장에도 섞이지 못하고 내 안에 계속 잠들어 있다. 그렇게 생각하면 왠지 모르게 불편한 기분이 든다.

그러나 그러한 재료를 문장으로 쓰면 조금이나마 마음이 편해지는가 하면 그런 건 아니다. 이것만큼은 나 자신의 하찮은 명예를 위해서도 미리 양해를 구해야겠다. 나는 나 자신이 편해지려고 이런 스케치를 글로 써서 세상에 공표하는 게 아니다. 앞에서도 말했다시피, 그것들이 이야기되길 바라고 있는 것이다. 그리고 내가 그것을 느낀 것이다. 나 자신이 정신적으로 해방되고 안 되고는 그것과 전혀 별개의 문제이며, 적어도 지금 이런 글을 쓰는 것으로 내 정신이 해방되었다는 징후는 전혀 보이지 않는다.

자기표현이 정신 해방에 기여한다는 생각은 미신이고, 좋게 말한다 해도 신화다. 적어도 문장에 의한 자기표현은 어느 누구의 정신도 해방시키지 못한다. 만약 그런 목적을 위해 자기표현을 하고자 하는 사람이 있다면 그건 그만두는 게 좋다. 자기표현은 정신을 세분화할 뿐이고 어디에도 도달하지 못한다. 만약 어딘가에 도달한 듯한 기분이 든다면, 그건 착각이다. 사람은 글을 쓰지 않고는 배길 수 없기 때문에 쓰는 것이다. 쓰는 것 자체에는 효용도 없으며, 거기에 따르는 구원도 없다.

그런 이유로 앙금은 여전히 앙금인 채 내 안에 남아 있다. 나는 언젠가 그걸 전혀 다른 형태로 바꾸어 새로운 소설 속에 박아넣을지도 모른다. 그러지 않을지도 모른다. 만약 그러지 않는다면 그 앙금들은 내 안에 갇힌 채 어둠 속으로 사라져버릴 것이다.

지금으로선 그것들을 이런 형태의 스케치로 정리하는 것밖에 방법이 없다. 이게 정말 올바른 작업인지 어떤지는 나도 잘 모른다. 진짜 소설을 써야 하는 게 아니냐고 한다면, 나는 어깨를 움츠릴 수밖에 없다. 그리고 "모든 행위는 선善이다"라는 어느 살인범의 주장을 인용할 수밖에 없다. 나로서는 이런 재료를 이런 스타일로 정리하는 것 외에는 달리 방법이 없었다.

내가 여기 수록한 문장을 '스케치'라고 부르는 건 이것이 소설도 논픽션도 아니기 때문이다. '재료'는 어디까지나 '사실'이며, '형식'은 어디까지나 '소설'이다. 만약 각각의 이야기 속에 뭔가 기묘한 점이나 부자연스런 점이 있다면, 그건 사실이기 때문이다. 다 읽는 데 그다지 인내가 필요하지 않았다고 한다면, 그건 소설이기 때문이다.

　타인의 이야기를 들으면 들을수록, 그리고 그 이야기를 통해 사람들의 생을 들여다보면 볼수록 우리는 일종의 무력감에 사로잡히게 된다. 앙금이란 그 무력감을 말한다. 우리가 아무데도 갈 수 없다는 건 이러한 무력감의 본질이다. 우리는 우리 자신을 집어넣을 수 있는 인생이라는 운행 시스템을 소유하고 있지만, 동시에 그 시스템은 우리 자신을 규정하고 있다. 그것은 회전목마와 비슷하다. 그것은 정해진 장소를 정해진 속도로 돌고 있을 뿐이다. 아무데도 갈 수도 없고, 내릴 수도 갈아탈 수도 없다. 누구를 따라잡을 수도 없고, 누구에게 따라잡히지도 않는다. 그러나 그래도 우리는 그런 회전목마 위에서 가상의 적을 향해 치열한 데드히트를 벌이고 있는 것처럼 보인다.

　사실이라는 게 어떤 경우에는 기묘하게, 그리고 부자연스럽게 비치는 것은 어쩌면 그 탓인지도 모른다. 우리가 의지라고 부르는 일종의 내재적 힘의 압도적으로 많은 부분은 그것이 발생함과 동시에 사라져버렸는데도 우리는 그것을 인정하지 못하고, 그 공백이 우리 인생의 다양한 위상에 기묘하고 부자연스러운 왜곡을 가져오는 것이다.

　적어도 나는 그렇게 생각한다.

레더호젠

내가 이 책에 수록된 일련의 스케치 같은 것을 쓰고자 마음먹은 것은 몇 년 전 여름이었다. 그때까지 나는 이런 종류의 글을 쓰고 싶다고 생각한 적이 한 번도 없었고, 만약 그녀가 내게 그 이야기를 해주지 않았더라면—그리고 이런 이야기가 소설의 소재가 될 수 있는지 어떤지 묻지 않았더라면—어쩌면 이 책을 쓰지 않았을지도 모른다. 그런 의미에서 성냥을 그어준 것은 그녀였다고 할 수 있다.

그러나 그녀가 성냥을 긋고 나서 그 불이 내 몸속에 옮겨붙기까지는 상당한 시간이 걸렸다. 내 몸에 달려 있는 도화선 가운데 어떤 것은 길이가 아주 길었던 것이다. 때로는 너무 길어서 나 자신의 행동규범과 감정의 평균적인 수명마저 넘어버리는 수가 있었다. 그렇게 되면 그 불이 간신히 몸에 붙더라도 그곳에서 이미 아무런 의미도 찾아낼 수 없을지 모른다. 그러나 이 경우, 발화가 운좋게 그 제한시간 안에 들었고, 그 결과 나는 이 글을 쓰게 되었다.

그 이야기를 내게 해준 것은 아내의 옛 동창생이었다. 그녀와 내 아내는 학창 시절 특별히 친하진 않았지만, 서른이 넘은 뒤 우연히 마주쳐 그것이 계기가 되어 자주 왕래하게 되었다. 나는 이따금 남편에게 아내의 친구만큼 기묘한 존재는 없는 것 같다고 생각하지만, 그래도 그녀에게는 처음 만났을 때부터 일종의 호감을 가질 수 있었다. 그녀는 여자치고는 상당히 큰 편으로 키도 체격도 나와 거의 비슷했다. 직업은 전자오르간 교사였지만 일하는 시간 외에는 대부분 수영이나 테니스, 스키를 하는 덕분에 근육이 탄탄하고 언제나 보기 좋게 햇빛에 그을려 있었다. 각종 스포츠에 대한 그녀의 자세는 마니아라고 해도 좋을 정도로 정열적이었다. 휴일이면 아침에 조깅을 한 뒤 근처의 온수 풀장에서 한차례 수영을 하고, 오후에는 두서너 시간 테니스를 치고, 그리고 에어로빅까지 했다. 나도 스포츠는 꽤 좋아하는 편이지만, 질로도 양으로도 도저히 그녀를 따라가지 못했다.

그러나 마니아라고는 해도 결코 사물에 대해 병적으로 집착하거나 공격적이었던 건 아니다. 오히려 그녀는 천성적으로 온화

한 성격이어서 감정적으로 누군가에게 뭔가를 강요하는 일이 없었다. 다만 그녀의 육체가 (그리고 아마 그 육체에 따른 정신이) 혜성처럼 끊임없이 격렬한 운동을 원하고 있을 뿐이었다.

그 덕분인지 어떤지는 몰라도, 그녀는 독신이었다. 물론—다소 체격이 크긴 하지만 얼굴은 미인이었으니까—몇 번인가 연애도 했고, 청혼을 받은 적도 있고, 그녀도 그런 마음을 먹은 적이 있었다. 그러나 그때마다 막상 결혼 단계가 되면 반드시 뜻하지 않은 장애가 생겨, 그 이야기는 매번 물거품이 되고 말았다.

"운이 나쁜 거야." 아내는 말했다.

"그래." 나도 동의했다.

그러나 나는 아내의 의견에 완전히 동의한 것은 아니었다. 확실히 인생의 어떤 부분은 운이라는 것에 지배당하는지도 모른다. 그리고 그것은 얼룩진 그림자처럼 우리 인생의 지표를 어둡게 물들이고 있을지도 모른다. 그러나 그래도 만약 거기에 의지라는 게 존재한다면—그리고 그것이 20킬로미터를 달리고, 3킬로미터를 헤엄칠 수 있을 정도의 꿋꿋한 의지라면—대부분의 트러블은 편의적인 사다리 같은 것을 사용해 해결할 수 있다고 생각한다. 그녀가 결혼하지 못하는 것은 그녀가 진심으로 바라지 않기 때문이라고 나는 생각했다. 요컨대 결혼이라는 것이 그 에너지의 혜성이 미치는 범위 안에, 적어도 완전히는 포함돼 있지 않은 것이다.

그런 이유로 그녀는 전자오르간을 가르치며, 시간만 나면 스포츠에 전념하고, 정기적으로 불운한 연애를 했다.

대학교 2학년 때 양친이 이혼한 뒤로, 그녀는 아파트를 얻어 줄곧 혼자 살고 있었다.

"엄마가 아버지를 버렸어요." 어느 날 그녀는 내게 알려주었다. "반바지 때문에요."

"반바지?" 나는 깜짝 놀라서 되물었다.

"웃기는 얘기죠." 그녀는 말했다. "너무 어이없는 일이라 다른 사람한테 말한 적도 없지만, 당신은 소설을 쓰니까 뭔가 도움이 되지 않을까 싶네요. 듣고 싶어요?"

꼭 듣고 싶다고 나는 말했다.

그 비 오는 일요일 오후 그녀가 우리집에 왔을 때, 아내는 외출중이었다. 그녀는 약속시간보다 두 시간이나 일찍 온 것이다.

"미안해요." 그녀는 사과했다. "비 때문에 테니스가 취소되어서 시간이 남았어요. 집에 혼자 있기도 지루하고 해서 빨리 와버렸는데, 방해가 되진 않았나요?"

별로 방해될 거 없어요, 나는 말했다. 나도 별로 일할 마음이 생기지 않아 고양이를 무릎에 앉히고 혼자 멍하니 비디오 영화를 보고 있던 참이었다. 나는 그녀를 안으로 안내하고 부엌에서 커피를 끓여 내왔다. 그리고 둘이서 커피를 마시면서 〈조스〉의 마지막 이십 분 정도를 보았다. 물론 둘 다 그 영화를 전에 몇 번이나 봤기 때문에 특별히 열심히 감상한 것은 아니다. 그저 뭔가 볼 것이 필요해서 보고 있었을 뿐이다.

그러나 영화가 끝나고 자막이 나올 때까지도 아내는 오지 않았고, 나는 그녀와 한동안 잡담을 나누게 되었다. 우리는 상어 이야기도 하고, 바다 이야기도 하고, 수영 이야기도 했다. 그래도 아내는 돌아오지 않았다. 앞서도 얘기했듯이 그녀에 대해 결코 나쁜 인상은 없었지만, 그래도 둘이서 얼굴을 마주하고 한 시간 이상 대화를 나누기에는 둘 사이에 공유하는 것들이 명백히 부족했다. 그녀는 아내의 친구이지 내 친구는 아닌 것이다.

그러나 내가 무료해져서 다음 영화라도 볼까 생각하던 참에, 그녀가 뜬금없이 부모의 이혼 이야기를 꺼냈다. 어째서 그녀가 아무런 맥락도 없이 (어쨌든 나로서는 수영 이야기와 부모의 이혼 이야기 사이에서 명확한 맥락을 찾아낸다는 것이 불가능할 것 같다) 그런 화제를 끄집어냈는지는 잘 모르겠다. 아마 거기에는 뭔가 이유가 있을 것이다.

"반바지는 정확한 명칭이 아녜요." 그녀는 말을 이었다. "정확하게는 레더호젠이라고 해요. 레더호젠이라고 아세요?"

"독일 사람들이 흔히 입는 반바지 말이죠? 위쪽에 멜빵이 달린 것." 내가 대답했다.

"맞아요. 아버지가 그걸 선물로 받고 싶어했어요. 그 레더호젠을요. 우리 아버지는 그 연령대 사람치고는 꽤 키가 큰 편이라 그런 반바지 같은 게 비교적 잘 어울리는 체형이었죠. 그래서 갖고 싶었나봐요. 나는 레더호젠이 일본인에게 별로 어울리지 않는다고 생각하지만 뭐, 그거야 각자의 기호니까요."

이야기를 정리하기 위해 나는 그녀의 아버지가 어떤 상황에서 누구에게 레더호젠을 선물로 사달라고 했는지 물었다.

"미안해요. 난 언제나 이야기 순서가 거꾸로라니까. 그러니 모르는 부분이 있으면 주저 말고 물어보세요." 그녀는 말했다.

그러죠, 나는 대답했다.

"이모가 그 무렵 독일에 살았는데, 한번 놀러오라고 엄마를 초대했어요. 엄마는 독일어도 전혀 못하고 해외 여행 경험도 없었지만, 오랫동안 영어 선생님을 했기 때문에 한번쯤 외국에 가고 싶은 마음은 있었어요. 게다가 꽤 오랫동안 이모를 만나지 못하기도 했고요. 그래서 아버지에게 열흘만 휴가를 얻어서 같이 독일에 가지 않겠느냐고 제의했지만, 아버지는 일 관계로 도저히 휴가를 낼 수 없어서 엄마 혼자 독일로 가게 된 거예요."

"그때 아버님이 레더호젠을 선물로 사달라고 했다고요?"

"네, 그래요." 그녀가 말했다. "엄마가 무슨 선물을 사다줄까 물었더니 레더호젠이 갖고 싶다고 한 거예요."

"그렇군요." 내가 말했다.

그녀의 말에 따르면, 그 무렵 양친의 관계는 비교적 원만했다. 적어도 큰 소리로 한밤중에 말다툼을 하거나 아버지가 화를 내고 나가서 며칠씩 돌아오지 않거나 하는 일은 없었다. 옛날에 아버지에게 여자가 있었던 시절에는 그런 일이 몇 번 있었지만.

"성격도 나쁘지 않고 성실한 분이었는데, 여자 문제는 좀 그랬어요." 그녀는 마치 남 얘기 하듯이 담담한 어조로 말했다. 나는 순간 그녀의 아버지가 이미 고인이 된 건가 생각했을 정도였지만, 아버지는 아직 건강하게 살아 있었다.

"그러나 그 무렵은 아버지도 어느 정도 나이가 들어서 그런 말썽도 없어졌고, 그럭저럭 계속 사이좋게 지낼 것처럼 보였어요."

그러나 실제로 현실은 그렇게 순순히 흘러가지 않았다. 어머니는 당초 열흘 예정이었던 독일 체류를 아무 연락도 없이 한 달 반으로 연장했고, 겨우 귀국하나 싶더니 그후에도 오사카에 있는 다른 이모 집에 머물면서 두 번 다시 집에 돌아오지 않았다.

어째서 그렇게 되었는지 딸인 그녀도, 남편인 아버지도 이해할 수가 없었다. 설령 지금까지 몇 번인가 불화가 있었다 해도, 기본적으로 그녀의 어머니는 참을성이 강하고—어떤 경우에는 상상력이 약간 부족한 게 아닐까 싶을 정도로—가정을 소중히 여기는 사람이었고, 딸을 몹시 사랑했기 때문이다. 그래서 어머니가 집에 들르지도 않고 제대로 연락도 없다는 건 가족들로선 도저히 이해하지 못할 일이었던 것이다. 대체 지금 무슨 일이 일어나고 있는지 짐작조차 할 수 없었다. 그녀와 아버지가 오사카의 이모 집으로 몇 번이나 전화를 걸어도 어머니는 거의 받지 않았고, 그녀에게 진의를 물을 수조차 없었다.

어머니의 진의를 알게 된 것은 그녀가 귀국한 지 두 달이 지났을 무렵인 9월 중순의 일이었다. 어느 날 어머니는 갑작스럽게 집에 전화를 걸어 남편에게 '이혼수속에 필요한 서류를 보낼 테니 서명해서 다시 보내달라'고 했다. 이유가 대체 뭐냐, 아버지가 물었다. 당신에 대해 어떤 형태의 애정도 갖지 않게 되었다고 어머니는 곧바로 대답했다. 어떻게 다시 잘해볼 여지는 없겠느냐고 아버지가 묻자, 그럴 여지는 전혀 없다고 그녀는 딱 잘라 말했다.

그리고 두 달인가 석 달 동안 양친 사이에는 전화로 문답과 교섭 등 타진이 이어졌지만 어머니는 한 걸음도 양보하지 않았고, 아버지도 결국에는 포기하고 이혼에 동의하게 되었다. 그때까지의 이런저런 전력 때문에 아버지 쪽에서 강경한 태도를 취할 수 없는 약점도 있었지만, 원래도 아버지는 무슨 일이든 쉽게 포기해버리는 성격의 사람이었다.

"그 일로 나는 몹시 충격을 받았어요." 그녀는 말했다. "하지만 그건 단순히 이혼이라는 행위 자체에 받은 충격은 아니었어요. 난 그때까지 두 분이 이혼할지도 모른다는 상상을 몇 번이나 한 적이 있었고, 거기에 대한 정신적인 준비는 이미 되어 있었으니까요. 그러니까 아주 당연한 형태로 두 분이 이혼했더라면, 그렇게 혼란스럽지 않았을 거예요. 문제는 엄마가 아버지를 버렸을 뿐만 아니라 나도 버렸다는 거였어요. 그 일로 나는 몹시 혼란스러웠고, 깊은 상처를 받았어요. 이해가 가요?"

나는 고개를 끄덕였다.

"난 그때까지 줄곧 엄마 편에 서 있었고, 엄마도 나를 신뢰한다고 생각했어요. 그런데 엄마는 아무런 설명도 없이 나를 아버지와 한데 묶어서 버렸어요. 그건 정말 견딜 수 없는 처사였고, 그후 오랫동안 난 엄마를 용서할 수가 없었어요. 몇 번이나 편지를 써서 자초지종을 설명해달라고 했지만, 엄마는 그에 대해서 아무 말도 해주지 않았고, 내가 보고 싶다는 말조차 하지 않았어요."

그녀가 어머니를 만난 것은 그러고서 삼 년 뒤였다. 모녀는 친척의 장례식에서 겨우 얼굴을 마주하게 되었다. 그녀는 대학을 나와 전자오르간 교사를 하며 생계를 꾸려나갔고, 어머니는 영어학원 강사를 하고 있었다.

장례식이 끝난 뒤 어머니는 그녀에게 "지금까지 네게 아무 이야기도 하지 않았던 건, 대체 어떤 식으로 얘기해야 좋을지 몰랐기 때문이야" 하고 털어놓았다.

　"나 자신조차 일이 흘러가는 상황을 제대로 파악할 수 없었단다." 엄마는 말했다. "하지만 애초에 그 반바지가 문제였어."

　"반바지?" 그녀는 나와 마찬가지로 깜짝 놀라며 되물었다. 그녀는 그때까지 엄마와는 두 번 다시 말하고 싶지 않다고 생각하고 있었지만, 결국은 호기심이 분노를 이겼다. 그녀는 상복을 입은 채로 엄마와 함께 근처 찻집에 들어가 아이스티를 마시면서 반바지 이야기를 듣게 되었다.

　그 레더호젠을 파는 가게는 함부르크에서 전철을 타고 한 시간쯤 걸리는 작은 마을에 있었다. 이모가 그 가게를 알아봐준 것이다.

　"레더호젠을 사려면 그 가게가 제일 좋다고 독일 사람들이 하나같이 말하더라고. 바느질도 탄탄하고 값도 그리 비싸지 않대" 하고 이모는 말했다.

　엄마는 혼자 전철을 타고 남편 선물로 레더호젠을 사기 위해 그 동네로 갔다. 그녀는 열차 객실에서 독일인 중년 부부와 함께 앉아 영어로 잡담을 나누었다. 그녀가 "나는 지금 선물로 레더호젠을 사러 가는 참이에요"라고 말하자, 그 부부는 "어느 가게에 갈 건가요?" 하고 물었다. 그녀가 가게 이름을 말하자 두 사람은 이구동성으로 "그곳이라면 문제없죠. 그 가게가 최고예요" 하고 대답했다. 그래서 그녀는 더욱 자신감을 갖게 되었다.

아주 기분좋은 초여름 한낮이었다. 거리를 가로지르며 흐르는 강은 시원한 물소리를 들려주었고, 냇가의 풀들은 바람에 푸른 잎을 나부끼고 있었다. 동그란 자갈돌을 깔아놓은 오래된 도로 가 완만한 곡선을 그리며 끝도 없이 이어졌고, 곳곳에 고양이들 이 왔다갔다했다. 그녀는 눈에 띄는 작은 커피숍에 들어가 점심 식사 대신 치즈 케이크를 먹고 커피를 마셨다. 거리의 풍경은 아 름답고 고요했다.

그녀가 커피를 다 마시고 고양이와 놀고 있는데, 커피숍 주인 이 다가와 "어디 가시는 길입니까?" 하고 물었다. 레더호젠을 사 러 왔다고 그녀가 말하자, 주인은 메모지를 들고 와서 가게 약도 를 그려주었다.

"고맙습니다" 하고 그녀는 말했다.

혼자 여행을 한다는 것은 얼마나 멋진 일인가, 자갈돌 깔린 길 을 걸으면서 그녀는 생각했다. 생각해보니 오십오 년 인생에서 처음으로 혼자 떠난 여행이었다. 혼자 독일을 여행하는 동안, 그 녀는 외로움과 공포와 지루함을 한 번도 느끼지 못했다. 모든 풍경이 신선하고, 모든 사람이 친절했다. 그리고 그런 체험들 하나하나가 오랫동안 쓰이지 않고 그녀의 몸속에 잠들어 있던 다양한 종류의 감정을 깨워주었다. 그녀가 지금까지 줄곧 소중하게 가슴에 품고 살아온 많은 것들—남편이며 딸이며 가정—은 이제 지구 반대편에 있다. 그녀는 그런 것들에 대해 무엇 하나 걱정할 필요가 없는 것이다.

레더호젠 가게는 쉽게 찾았다. 쇼윈도도 그럴듯한 간판도 없는 작은 가게였지만, 유리창으로 안을 들여다보니 레더호젠이 가득 걸려 있는 것이 보였다. 그녀는 문을 밀고 안으로 들어갔다.

가게 안에는 노인 두 사람이 일하고 있었다. 두 사람은 작은 목소리로 이야기를 나누면서 옷감의 치수를 재거나, 노트에 뭔가를 적고 있었다. 커튼으로 칸막이를 친 가게 안쪽은 한층 넓은 작업장인 듯, 그쪽에서 단조로운 재봉틀 소리가 들려왔다.

"어서 오십시오, 사모님." 체격이 큰 노인이 일어나 독일어로 인사를 했다.

"레더호젠을 사러 왔는데요." 그녀는 영어로 말했다.

"사모님이 입으실 겁니까?" 노인이 독특한 억양의 영어로 물었다.

"아뇨, 아니에요. 일본에 있는 남편에게 선물로 사갈 거랍니다."

"음." 노인은 잠시 생각에 잠겼다. "그럼 남편분은 지금 여기

계시지 않는군요."

"물론 그렇습니다. 일본에 있으니까요." 그녀는 대답했다.

"그러면 한 가지 문제가 있군요." 노인은 정중히 단어를 선택하며 말했다.

"저희는 존재하지 않는 손님에게는 물건을 팔 수 없답니다."

"남편은 존재합니다." 그녀가 말했다.

"그건 그렇죠. 남편분께서는 존재하십니다. 물론입니다." 노인은 당황하며 말했다.

"영어가 서툴러서 죄송합니다. 제가 말씀드리려는 것은, 음, 남편분이 여기 계시지 않으면 남편분을 위한 레더호젠을 팔 수 없다는 말입니다."

"어째서요?" 머릿속이 혼란스러워진 채, 그녀가 물었다.

"가게 방침입니다. 프린서플. 우리는 찾아오신 손님의 체형에 맞는 레더호젠을 실제로 입어보시게 해서, 세밀한 조정을 하고 난 뒤에야 팝니다. 백 년 넘게 그렇게 장사를 하고 있습니다. 그런 방침 때문에 저희는 지금까지 신용을 쌓아올 수 있었죠."

"나는 당신네 가게에서 반바지를 사려고 반나절이나 걸려서 함부르크에서 왔어요."

"죄송합니다. 사모님." 정말 죄송한 듯한 얼굴로 노인이 말했다. "그러나 예외는 인정될 수 없습니다. 이 불확실한 세상에서 신용만큼 얻기 어렵고 무너지기 쉬운 것은 없습니다."

그녀는 한숨을 쉬고 한동안 입구에 서 있었다. 그리고 어딘가에 돌파구가 없을까 머리를 굴렸다. 그동안 키가 큰 노인은 키가작은 노인에게 독일어로 상황을 설명하고 있었다. 키가 작은 노인은 이야기를 들으면서, "그래, 그래" 하고 몇 번이나 고개를 끄덕였다. 두 노인은 키 차이가 많이 났지만, 얼굴은 똑같이 생겼다고 해도 좋을 정도로 닮아 있었다.

"저기요, 그럼 이렇게 하면 어떨까요?" 그녀가 제안했다. "제가 남편과 똑같은 체형의 사람을 찾아서 데리고 오는 거예요. 그리고 그 사람에게 옷을 입혀보고, 당신들이 그걸 조정하고 내게파는 거예요."

키가 큰 노인은 어이없다는 눈으로 그녀의 얼굴을 바라보았다.

"그러나 사모님, 그것은 규칙 위반입니다. 바지를 입는 것은그 사람이 아닙니다. 남편분입니다. 그리고 우리는 그걸 알고 있습니다. 그건 안 됩니다."

"당신들은 모르는 일로 해두면 되잖아요. 당신들은 그 사람에게 레더호젠을 팔고, 내가 그 사람에게 그것을 사는 거예요. 그러면 당신들의 판매 방침에 흠이 남지 않아요. 그렇지 않아요?잘 생각해보세요. 나는 아마 앞으로 두 번 다시 독일에 못 올 거예요. 그러니까 만약 지금 레더호젠을 살 수 없다면, 난 영원히 그걸 손에 넣을 수 없어요."

"음." 노인은 한동안 생각에 잠겼다가, 키가 작은 노인을 향해 다시 독일어로 설명을 시작했다. 키가 큰 노인의 이야기가 끝나자, 이번에는 키가 작은 노인이 독일어로 한참 이야기를 했다. 그런 대화가 몇 번이고 이어졌다. 그것이 끝나자 키가 큰 노인이 그녀 쪽을 향해 "알았습니다. 사모님" 하고 말했다.

"예외적으로—어디까지나 예외적으로—저희는 일의 경위에 대해 아무것도 모르는 것으로 해두겠습니다. 일본에서 저희 레더호젠을 사러 오는 분이 그리 많은 것도 아니고, 저희도 그리 융통성이 없는 편은 아닙니다. 가능한 한 남편분과 비슷한 체형으로 데려오십시오. 형님도 그렇게 말씀하시는군요."

"고맙습니다." 그녀는 말했다. 그리고 형 쪽을 향해 "다스 이스트 조 네트 폰 이넨(정말 감사합니다)" 하고 독일어로 인사했다.

*

그녀—내게 그 이야기를 해준—는 거기까지 이야기를 마치자 책상 위에 두 손을 포개고 한숨 돌렸다. 나는 식어버린 남은 커피를 마셨다. 비는 아직도 내리고 있었고, 아내는 여전히 돌아오지 않았다. 이야기가 이제부터 어떤 식으로 전개될 것인지 나는 전혀 예측할 수 없었다.

"그래서요?" 나는 빨리 결말이 듣고 싶어서 끼어들었다. "어머니는 결국 아버지를 닮은 체형의 사람을 찾으셨나요?"

"네." 그녀는 무표정하게 말했다. "찾기는 찾았어요. 엄마는 벤치에 앉아 길을 가는 사람들을 쳐다보다, 그 가운데서 아버지와 체형이 똑같고 가능한 한 사람 좋아 보이는 남자를 찾아서 밑도 끝도 없이—그 사람은 영어를 전혀 못해서—가게에 데리고 갔어요."

"아주 행동력 있는 분 같군요." 내가 말했다.

"난 잘 모르겠어요. 왜냐하면 일본에 있을 때는 얌전하고 상식적인 사람이었거든요." 그녀는 한숨을 쉬곤 말했다. "하지만 어쨌든 그 남자는 가게 사람이 설명하는 경위를 듣고, 그런 일이라면 모델이 되어주겠다고 기분좋게 승낙해주더라는군요. 그래서 레더호젠을 입히고, 가게 사람이 여기저기를 늘여주고 줄여주고 했대요. 그리고 그동안 남자와 두 노인은 독일어로 농담을 주고받으며 서로 웃고 있더래요. 그렇게 삼십 분 정도 걸려서 작업을 마쳤을 때, 엄마는 아버지와 이혼할 것을 결심했대요."

"무슨 말인지 이해가 안 가네요." 내가 말했다. "그러니까, 그 삼십 분 안에 무슨 일이 일어났다는 겁니까?"

"아뇨, 아무 일도 일어나지 않았어요. 세 사람의 독일인이 서로 화기애애하게 농담을 주고받은 것뿐이에요."

"그럼 어째서 어머니는 그 삼십 분 동안 이혼을 결심하셨을까요?"

"그건 엄마 자신도 계속 이해할 수 없었대요. 그래서 큰 혼란에 빠진 거예요. 엄마가 아는 것은, 그 레더호젠을 입은 남자를 보고 있는 동안 아버지에 대한 참기 힘든 혐오감이 몸속에서 거품처럼 끓어올랐다는 것뿐이에요. 엄마는 그걸 주체할 수 없었대요. 그 사람은―레더호젠을 입어준 남자는―피부색만 빼고는 아버지와 정말 똑같은 체형이었대요. 다리 모양이며, 배며, 머리숱이 적은 것까지. 그 사람이 새 레더호젠을 입고 자못 즐거운 듯이 몸을 흔들며 웃더래요. 엄마는 그 사람의 모습을 보면서 지금까지는 막연했던 한 가지 마음속 생각이 조금씩 명확해져가는 걸 느꼈대요. 비로소 자신이 얼마나 격렬하게 아버지를 미워하고 있는지 깨달은 거예요."

그녀가 쇼핑을 하고 돌아온 아내와 둘이서 수다를 시작한 뒤에도 나는 혼자서 줄곧 그 레더호젠 생각을 했다. 셋이 식사를 하고 가벼운 술을 나눌 때도 나는 여전히 그 일을 생각하고 있었다.

"그래서, 당신은 이제 어머니를 미워하지 않나요?" 나는 아내가 잠시 자리를 비운 사이 그녀에게 물었다.

"글쎄요, 이제 미워하지 않아요. 결코 좋아하지는 않지만, 적어도 미워하지는 않아요." 그녀는 대답했다.

"그 반바지 이야기를 듣고 나서부터?"

"네, 그래요. 그런 것 같아요. 그 이야기를 듣고 나서는 엄마를 계속 미워할 수가 없었어요. 어째서인지는 잘 설명할 수 없지만, 분명 그건 우리가 여자이기 때문일 거예요."

나는 고개를 끄덕였다.

"그래도 만약—만약, 아까 이야기에서 반바지 부분을 빼고, 한 여자가 여행을 가서 자립을 획득한 이야기였다면, 당신은 어머니가 당신을 버린 걸 용서할 수 있겠어요?"

"아뇨." 그녀는 곧바로 대답했다. "이 이야기의 포인트는 반바지에 있는걸요."

"나도 그렇게 생각해요." 나는 말했다.

택시를 탄 남자

몇 년 전 일인데, 필명으로 작은 미술잡지에 화랑 탐방 같은 기사를 쓴 적이 있다. 화랑 탐방이라고는 하지만 나는 그림에 대해 완전히 문외한이었기 때문에 특별히 전문적인 기사를 쓴 것이 아니라, 화랑 분위기며 주인의 인상을 가벼운 터치로 스케치하는 유의 작업이었다. 특별히 의욕적으로 참가한 게 아니라 사소한 친분 관계로 시작한 일이었지만, 결과적으로 그것은 여간 재미있는 일이 아니었다. 나 자신도 소설을 쓰기 시작한 지 아직 얼마 되지 않은 때여서, 다양한 사람들을 만나 이야기를 듣고 그것을 기사로 정리하는 작업은 문장을 쓰는 데 좋은 공부가 되었다. 세상 사람들이 무엇을 생각하고, 그걸 어떤 식으로 표현하는가를 나는 가능한 한 주의깊게 관찰하고, 그것을 잘 깎아서 나

자신의 문장으로 재구축하려고 애썼다.

그 연재기사는 일 년간 계속되었다. 잡지는 격월 발간이니 전부 6회인 셈이다. 편집부에서(편집자는 한 사람뿐이지만) 흥미로워 보이는 화랑을 몇 군데 소개받아 내 발로 걸어다니며 그 가운데 하나를 선택해 기사를 쓰는 일이었다. 400자 원고지 15매 정도의 기사였지만, 나 자신부터가 재주가 없고 낯가림이 심한 성격이어서 처음 한동안 작업은 난항을 겪었다. 대체 상대에게 무엇을 묻고 어떻게 정리해야 좋을지 도무지 알 수 없었다.

그래도 몇 번인가 회를 거듭하며 사소한 시행착오를 반복하는 동안, 나는 거기서 일종의 요령 같은 것을 발견했다. 인터뷰는 인터뷰하는 상대방의 내면에서 남들과 달리 숭고하고, 예민하고, 따뜻한 무엇인가를 찾아내려는 노력을 해야 한다. 아무리 사소한 점이라도 상관없다. 한 인간의 내면에는 반드시 그 사람의 중심을 이루는 부분이 있는 것이다. 그리고 그것을 찾아내는 데 성공하면 질문은 저절로 나오게 되고, 따라서 생생한 기사를 쓸 수 있는 것이다. 아무리 진부하게 들린다 하더라도, 가장 중요한 포인트는 애정과 이해다.

나는 그후 수많은 인터뷰 일을 했지만, 인터뷰 상대에게 마지막까지 한 조각의 애정조차 갖지 못했던 예는 단 한 번뿐이었다. 그것은 주간지에 실릴 대학 탐방 기사를 쓰기 위해 어느 유명 사립대학을 취재할 때였는데, 나는 일주일 가까이 대학을 돌아다니는 동안 권위와 부패와 불성실의 냄새밖에 맡지 못했다. 학장과 학과장을 포함한 열 명 가까운 직원을 인터뷰했는데, 제대로 된 말을 하는 사람은 한 명밖에 없었다. 그리고 그 조교수는 이틀 전에 막 사표를 제출한 참이었다.

그러나 그것도 이미 지난 일이다. 평화로운 화랑 이야기로 돌아가자. 내가 취재하고 다닌 대부분의 화랑은 권위와 무관한 조그만 동네 화랑이었다. 나보다 서너 살 많은 키 큰 카메라맨과 둘이서 화랑을 찾아가, 나는 그곳 화랑 주인의 이야기를 듣고 그동안 그는 실내 사진을 찍었다.

일단 취재가 끝나면 나는 언제나 화랑 주인에게 같은 질문을 한 가지 했다. 당신이 지금까지 본 그림 가운데 가장 충격적인 그림은 무엇이었냐는 것이다. 이것은 인터뷰 질문으로 그다지 좋은 종류는 아니다. 소설가에게 지금까지 읽은 책 중에서 제일 좋아하는 소설은 무엇인가 하고 묻는 것과 마찬가지로, 질문의 포인트가 너무나 막연하다. "너무 많아서 잘 모르겠어요" 하는 말이나, 혹은 여러 번 써먹어서 진부한 대사가 돌아오는 게 보통이다. 그러나 그럼에도 나는 만나는 사람마다 이 질문을 되풀이했다. 하나는 미술을 직업으로 하는 사람들에게 이런 질문을 하는 것은 인터뷰어 나름의 색깔이 될 수 있다고 생각했기 때문이고, 또하나는 재수가 좋으면 뭔가 흥미로운 이야기를 들을 수 있지 않을까 싶었기 때문이다.

내게 '택시를 탄 남자'라는 제목의 그림 이야기를 들려준 것은 마흔 살 전후의 여자 주인이었다. 그녀는 결코 미인이라고는 할 수 없었지만 사람의 마음을 편안하게 해주는 온화하고 기품 있는 얼굴이었다. 커다란 리본이 달린 하얀 블라우스에 회색 트위드 스커트를 입고, 날씬하게 빠진 검은 하이힐을 신고 있었다. 선천적으로 다리가 불편해서 그녀가 마룻바닥을 가로질러갈 때면 가지런하지 못한 구두 소리가 텅 빈 실내에 쐐기를 박듯 울려퍼졌다.

그녀는 아오야마의 한 빌딩 1층에서 판화를 주로 전시하는 화랑을 경영하고 있었다. 그때 벽에 걸려 있던 판화는 나 같은 아마추어가 봐도 그리 훌륭한 작품이라는 생각이 들지 않았지만, 그녀의 인품 속에는 일종의 자력 같은 것이 잠재되어 있어서, 그 기묘한 힘이 그녀를 둘러싼 여러 가지 사물을 실제 이상으로 빛나 보이게 한다는 느낌이 들었다.

대충 취재가 끝나자 그녀는 커피잔을 정리하고 선반에서 레드와인 병과 잔을 꺼내와, 나와 카메라맨에게 권하고 자신의 잔에도 따랐다. 그녀의 손가락은 무척 가늘고 매끈했다. 안쪽 방에는 그녀의 것으로 보이는 버버리 트렌치코트가 회색 캐시미어 머플러와 함께 옷걸이에 걸려 있었다. 사무책상 위에는 오리 모양의 유리 문진과 조그만 금색 가위가 놓여 있었다. 그때는 12월 초로, 천장에 매달린 소형 스피커에서 크리스마스캐럴이 낮게 흐르고 있었다.

그녀는 일어나 방을 가로질러가더니 어딘가에서 담뱃갑을 가지고 돌아왔다. 그러고는 가늘고 긴 금색 라이터로 불을 붙이고 연기를 입술 끝으로 가늘게 토해냈다. 구두 소리만 듣지 않는다면 그녀의 몸놀림 가운데 부자연스런 부분은 전혀 찾아볼 수 없었다.

"괜찮으시다면, 마지막으로 한 가지 더 질문이 있는데요." 내가 말했다.

"물론 괜찮아요." 그녀가 말했다. 그러고는 빙그레 웃었다. "그런데 그런 말투, 무슨 텔레비전 드라마에 나오는 형사 같지 않아요?"

나는 웃었다. 카메라맨도 웃었다.

"당신이 지금까지 본 것 가운데 가장 충격적인 그림은 어떤 것이었습니까?" 내가 물었다.

그녀는 한동안 생각에 잠겼다. 그리고 재떨이에 담배를 끄고 내 얼굴을 보았다.

"그 질문에 대한 답은 '충격적'이라는 말의 의미에 달렸다고 생각해요. '충격적'이란 어떤 것인가 말이죠. 그것은 예술적 감동을 말하는 건가요, 아니면 더 단순한 충격, 놀라움을 말하는 건가요?"

"예술적 감동일 필요는 없다고 생각합니다." 나는 대답했다. "제가 의미하는 것은 더욱 피부에 와 닿는, 생리적인 충격입니다."

"피부에 와 닿는 충격 없이 우리 직업은 성립하지 않아요." 그녀는 웃으며 말했다. "그런 거라면 주변에 얼마든지 굴러다녀요. 부족한 것은 오히려 예술적 감동 쪽이 아닐까요."

그녀는 와인 잔을 들어, 와인으로 입을 적셨다.

"문제는," 그녀가 말했다. "아무도 진정으로 감동을 찾지 않는다는 거예요. 그렇게 생각하지 않아요? 당신도 글을 쓰면서 그런 걸 느끼지 않나요?"

"그럴지도 모르죠." 나는 말했다.

"예술적 감동의 불편한 점은 그걸 말로 잘 표현할 수 없다는 점에 있어요." 그녀는 말을 이었다. "혹은 표현했다 하더라도, 극도로 스테레오타입이 되고 말아요. 구식, 상투적, 진부함…… 마치 공룡 같죠. 그래서 모두 좀더 간결하고 간편한 것을 찾는 거예요. 자신의 표현이 먹힐 여지가 있는 것과, 텔레비전 리모컨처럼 척척 채널을 바꿀 수 있는 것을요. 피부에 와 닿는 충격, 감성…… 명칭은 뭐든 상관없어요."

그녀는 빈 와인 잔 세 개에 와인을 따르고, 새 담배에 불을 붙였다.

"이야기가 샛길로 빠졌네요."

"꽤 재미있는데요." 내가 말했다.

나지막하게 윙윙거리는 난방기 소리와 가습기의 배기음과 크리스마스캐럴이 작게 뒤섞여, 기묘하게 단조로운 음을 자아내고 있었다.

"만약 예술적 감동도 아니고 피부에 와 닿는 충격이 아니라도 상관없다면, 제 마음에 남아 있는 한 장의 그림에 대해 이야기할 수 있어요. 한 장의 그림에 얽힌 이야기라고 해야 옳을지도 모르겠지만. 그래도 괜찮을까요?"

"물론 좋습니다." 나는 말했다.

"1968년의 일이랍니다." 그녀가 말했다. "전 원래 화가가 될 생각으로 미국 동부의 미술대학에 유학을 갔는데, 졸업 후에도 그대로 뉴욕에 남아 혼자 힘으로 생활하기 위해—혹은 자신의 재능에 한계를 느낀 거라고 해도 좋습니다만—그림 바이어 비슷한 일을 시작했어요. 즉 뉴욕의 신인 화가나 무명 화가의 아틀리에를 돌아보고, 괜찮은 게 있으면 사들여서 도쿄에 있는 화상에게 보내는 일이죠. 처음에는 제가 컬러사진을 보내면 도쿄의 스폰서가 그중에서 마음에 드는 걸 고르고, 그걸 현지에서 사들이는 시스템이었는데, 그러다 신용을 얻어서 저의 재량만으로 직접 그림을 구입할 수 있게 되었어요. 그리고 저는 그리니치빌리지의 화가들 세계에서 제법 확실한 정보망이랄까 커넥션 같은 것을 가지고 있었거든요. 덕분에 누가 재미있어 보이는 작업을 하고 있다든지, 누가 돈이 궁하다든지 하는 것이 전부 제 귀에 들어왔어요. 1968년의 그리니치빌리지라는 것, 그건 참 대단했어요. 그 무렵의 일을 아시는지 모르겠네요?"

"대학생이었습니다." 내가 말했다.

"그럼 아시겠군요." 그녀는 말하며 혼자 고개를 끄덕거렸다. "그곳에는 모든 것이 있었죠. 정말 모든 것이요. 가장 위에서 가장 아래까지. 불순물이 섞이지 않은 진짜부터 100퍼센트 모조품까지. ……저 같은 일을 하는 사람들에게 그 시절의 빌리지는 마치 보석 더미 같은 것이었어요. 제대로 된 안목만 있으면 다른 시대의 다른 장소에서는 절대 만나지 못할 멋있는 사람들과 힘 있는 신선한 작품들을 만날 수 있었죠. 실제로 제가 그 당시 도쿄로 보낸 작품의 대부분은 요즘 상당한 가격이 붙어 있답니다. 그 가운데 몇 가지라도 저 자신을 위해 모아뒀더라면 저도 지금쯤 만만찮은 부자가 되었을 텐데. 그 무렵에는 정말 돈이 없었기 때문에…… 유감이죠."

그녀는 무릎 위에 올려두었던 양쪽 손바닥을 위로 펼쳐 보이며 빙그레 웃었다.

  "그러나 당시 한 장, 딱 한 장만은 예외적으로 저 자신을 위해 산 그림이 있었답니다. '택시를 탄 남자'라는 제목의 그림이었죠. 그러나 이건 유감스럽게도 예술적으로 뛰어난 것도 아니고, 기법상으로 빼어난 것도 아니며, 그렇다고 해서 서툰 대로 재능의 싹이 엿보이는 것도 아니었어요. 작자는 망명한 무명의 체코슬로바키아 화가였는데, 무명인 채 어딘가로 사라져버렸죠. 그러니 물론 비싼 값이 붙을 리도 없어요. ……이상하다고 생각지 않으세요? 남을 위해서는 값나가는 그림만 고르고, 자신을 위해서 고른 단 한 장의 그림은 전혀 값어치 없는 그림이었다는 게요. ……하지만 결국 그런 거 아니겠어요."

  나는 적당히 맞장구를 치며 이어질 이야기를 기다렸다.

  "제가 그 화가의 아파트에 간 것은 1968년 9월의 어느 날 오후였어요. 비가 막 갠 뒤여서 온 뉴욕이 통째로 찜통에 들어 있는 듯했죠. 그 화가의 이름은 잊어버렸어요. 아시다시피 동유럽계 사람들의 이름은 미국식으로 바꾸지 않으면 상당히 외우기 어렵잖아요. 그를 소개해준 건 저와 같은 아파트에 살던 독일인 화가 지망생이었어요. 그가 제 방문을 노크하며 이렇게 말했어요. '도시코, 내 친구 중에 돈이 아주 궁한 화가가 있어. 혹시 괜찮다면 한번 들러서 그림을 봐주지 않을래?' 저는 '오케이' 하고 대답했어요. '그런데 그 사람 재능은 있니?' '아마 별로 없을걸' 하고 그는 말했죠. '하지만 좋은 녀석이야.' 그래서 우리는 그 체코인의 아파트에 갔습니다. 당시의 빌리지에는 그런 것들이 있었어요. 뭐랄까…… 조금씩 서로 도와가며 사는 그런 정이랄까요."

그녀는 그 체코인이 사는 엄청나게 지저분한 아파트 방에서 스무 장 가까운 그림을 보았다. 체코인은 스물일곱 살로, 삼 년 전에 국경을 넘어 망명해왔다고 했다. 그는 빈에서 일 년 살고, 그리고 뉴욕으로 왔다. 프라하에 아내와 어린 딸을 남겨두고 왔다고 했다. 그는 낮에는 아파트에서 그림을 그리고, 밤에는 근처 터키 식당에서 일하고 있었다. "체코에는 표현의 자유가 없어요"라고 그는 말했지만, 당장 그에게 필요한 것은 표현의 자유 이전의 것이었다. 독일인 화가 지망생의 말처럼 그에게는 재능이라는 것이 결여되어 있었다.

'그냥 프라하에 있어야 했어.' 그녀는 마음속으로 중얼거렸다.

그 체코인의 그림은 기술적으로는 부분부분 볼만한 게 있었다. 특히 색채 사용은 꽤 놀라웠다. 근사한 터치도 있었다. 그러나 그것뿐이었다. 프로의 눈으로 보면 그림은 거기서 완전히 멈춰 있었다. 의식의 확산이라는 게 없는 것이다. 똑같이 정지되어 있어도, 그것은 예술적인 '막다른 골목'까지 이르지 못했다. 단순한 '한계점'이었다. 댓츠 올(그뿐이다).

그녀는 독일인 화가 지망생을 흘긋 보았다. 그의 표정이 무언중에 말하는 결론도 그녀와 같았다. 다스 이스트 알레스(그뿐이다). 체코인만 멍하니 불안스런 눈길로 그녀의 일거수일투족을 지켜보고 있었다.

인사를 하고 체코인의 아파트에서 나오려 할 때, 문 옆에 놓인 한 장의 그림이 그녀의 시선을 사로잡았다. 20인치 텔레비전 화면 정도 크기의 가로 그림이었다. 다른 그림과는 달리 그 그림 속에는 뭔가가 숨쉬고 있었다. 대단한 것은 아니다. 극히 사소한 뭔가다. 가만히 바라보고 있으면 점점 줄어들어 사라져버릴 것 같았다. 그러나 아무리 사소한 것이어도 그건 그림 속에서 확실히 숨쉬고 있었다. 그녀는 체코인에게 부탁해서 다른 그림을 전부 옆으로 밀어놓고 벽에 새하얀 공간을 만들어, 그 그림을 세워놓고 가만히 바라보았다.

"이건 제가 뉴욕에 와서 제일 처음 그린 그림입니다." 체코인은 안절부절못하며 빠르게 말했다. "뉴욕에 온 첫날 밤, 타임스 퀘어 모퉁이에 서서 몇 시간이고 거리를 바라보고 있었습니다. 그리고 방으로 돌아와 하룻밤 사이에 그린 겁니다."

그것은 택시 뒷자리에 앉은 젊은 남자의 그림이었다. 카메라로 말하자면 렌즈가 앞자리 한복판에서 남자의 모습을 약간 넓게 포착하고 있었다. 남자는 얼굴을 옆으로 돌리고 창밖으로 시선을 주고 있다. 핸섬한 남자다. 야회복에 흰 드레스셔츠, 검정 나비넥타이, 그리고 흰 스카프. 약간 지골로 같기는 하지만 지골로는 아니다. 지골로가 되기에 그에게는 뭔가 부족하다. 한마디로 말하면 집약된 굶주림 같은 것.

물론 그에게 굶주림이 없다는 것은 아니다. 굶주림이 없는 젊은 남자가 어디 있을까? 단지 그의 내면의 굶주림은 너무나 막연한 형태를 띠고 있어서, 주위에서 보면—혹은 그 자신의 눈으로 보아도—그것은 뭔가 다른, 발전 도상에 있는 일종의 '포인트 오브 뷰(사물의 견해)'처럼 여겨진다. 그것은 마치 푸른 안개와도 같다. 존재하고 있다는 것은 알지만—포착할 수 없다.

마침 그와 함께, 그 푸른 안개처럼, 밤이 택시를 덮고 있다. 차의 뒷좌석 유리창으로 그 밤의 색깔이 보인다. 오직 그것밖에는 보이지 않는다. 파란색 가운데 검은색과 보라색이 흘러든다. 아주 시크한 색깔이다. 듀크 엘링턴 오케스트라의 음색처럼 시크하고 두텁다. 그곳에 손을 대기만 해도 다섯 손가락이 완전히 빨려들어갈 것 같은 두터움이다.

남자는 옆을 보고 있다. 그러나 그는 아무것도 보고 있지 않다. 유리창 저편에 무엇이 보이든 간에 그 풍경은 그의 마음에 생채기 하나 남기지 않는다. 차는 계속 움직인다.

┌─ 남자는 어딘가로 떠나려는 걸까? ─┐
└─ 남자는 어딘가로 돌아가려는 걸까?─┘

그림은 그것에 관해 아무 이야기도 하지 않는다. 남자는 택시라는 한정된 틀 속에 포함되어 있다. 택시는 이동이라는 그 본래의 원칙 속에 포함되어 있다. 그것은 이동한다. 어디로 떠나든 어디로 돌아가든 상관없다. 어디든 좋은 것이다. 그것은 광대한 벽에 뚫린 어두운 구멍이다. 그것은 입구이자, 출구이다.

남자는 말하자면 그 어둠을 보고 있다. 남자의 바짝 마른 입술은 애타게 담배를 찾고 있는 것 같다. 그러나 어떤 이유로 담배는 그의 손이 닿지 않는 아득히 먼 곳에 있다. 광대뼈가 불거져 있다. 턱은 살이 빠져 홀쭉하다. 폭력적으로 홀쭉하다. 거기에 마치 흉터처럼 가느다란 그림자가 드리워 있다. 눈에 보이지 않는 세계의, 소리 없는 전투가 남기고 간 그림자다. 하얀 스카프가 그 상처의 끝머리를 덮고 있다.

"결국 저는 120달러를 주고 저 자신을 위해 그 그림을 샀어요. 120달러는 그림 한 장 값치고는 그리 비싼 게 아니지만, 당시의 제게는 조금 버거운 지출이었지요. 전 그때 임신중이었고 남편은 직업이 안정적이지 못했거든요. 그는 오프오프브로드웨이의 단역배우였는데, 직업이 있었다 해도 대수롭잖은 수입이었죠. 생활비의 대부분은 제가 벌었어요."

그녀는 거기서 이야기를 중단하고, 옛날을 회상하듯 와인을 다시 한 모금 마셨다.

"그 그림이 마음에 드셨나보군요?" 내가 물어보았다.

"그림은 마음에 들지 않았습니다." 그녀가 말했다. "그림 자체는 아까도 말씀드렸듯이 아마추어가 겨우 재주를 부리기 시작한 정도였어요. 나쁘지는 않지만 좋지도 않죠. 제 마음에 든 것은 거기 그려져 있는 젊은 남자였어요. 저는 그 남자를 보기 위해 그 그림을 산 거였어요. 그것뿐이에요. 체코인은 그림을 인정받은 것에 아주 기뻐했고, 독일인 청년은 조금 놀랐어요. 그러나 그들은 영원히 이해하지 못하겠죠. 내가 그 그림을 산 진짜 이유를요."

크리스마스캐럴 테이프가 거기서 끝나, 찰칵 소리와 함께 깊은 침묵이 찾아왔다. 그녀는 스커트 위에 손가락을 포갰다.

"전 그때 스물아홉 살이었어요. 흔한 표현이지만, 제 청춘은 막 끝나가고 있었죠. 전 화가가 되려고 미국에 왔고, 결국 되지 못했어요. 제 실력은 제 눈만큼 훌륭하지 못했습니다. 전 무엇 하나 제 실력으로 창조할 수 없었습니다. 그리고 그 그림의 남자는…… 왠지 저 자신이 잃어버린 인생의 일부처럼 생각되었어요. 전 그 그림을 아파트 방 벽에 걸어놓고 매일매일 바라보며 살았죠. 그 그림의 남자를 볼 때마다 전 제가 잃은 것이 얼마나 큰지를 깨닫게 되었어요. 혹은 얼마나 작은지를요."

"남편은 곧잘, 너는 그 남자를 사랑하는구나 하며 놀렸어요. 내가 언제나 그 그림을 말없이 바라보고 있었으니 그렇게 생각했겠죠. 그러나 그는 잘못 생각한 거예요. 제가 그에 대해 품은 감정은 이를테면 sympathy 같은 거였어요. 제가 말하는 sympathy는 동정도 공감도 아닌, 두 인간이 어떤 종류의 슬픔을 나눠가지는 그런 것이에요. 이해하시겠어요?"

나는 말없이 고개를 끄덕였다.

"너무나도 오랫동안 그 택시를 탄 남자를 바라보았던 탓에, 그는 어느 틈엔가 내게 분신 같은 존재가 되었어요. 그는 제 마음을 알아주었어요. 저는 그의 슬픔을 이해했어요. 그는 범용凡庸이라는 이름의 택시 속에 갇혀 있었어요. 그는 그곳에서 빠져나올 수가 없었어요. 영원히요. 진정한 영원 말이죠. 범용함이 그를 그곳에 있게 하고, 그리고 범용한 배경의 우리 속에 가두었던 거죠. 슬픈 일이라고 생각하지 않으세요?"

그녀는 입을 다물고 잠시 침묵에 잠겼다. 그리고 입을 열었다.

"어쨌든 그런 이야기랍니다. 예술적 감동도 충격도 아무것도 없습니다. 감성이라든가 피부에 와 닿는 충격 같은 것도 없습니다. 그러나 가장 마음에 남아 있는 그림이라고 하면, 이 한 장밖에 없을 거예요. 그런 것이어도 괜찮을까요?"

"한 가지 질문이 있습니다." 내가 물었다. "그 그림을 지금도 가지고 계십니까?"

"가지고 있지 않아요." 그녀는 곧바로 대답했다. "태워버렸습니다."

"언제요?"

"1971년이에요. 1971년 5월. 불과 얼마 전 일 같지만 벌써 십 년 가까이 되었네요. 이런저런 일이 잇달아 터지면서, 저는 남편과 헤어져 일본으로 돌아올 결심을 했죠. 아이도 포기했고요. 자세한 건 별로 말씀드리고 싶지 않으니 생략하죠. 그때 저는 모든 것을 버리겠다고 생각했습니다. 모든 것을요. 그 나라에서 나를 붙잡고 있던 모든 꿈과 희망과 사랑, 그런 것의 모든 잔상을 말입니다. 전 친구에게 픽업트럭을 빌려 짐칸에 방안의 물건을 전부 실어 공터로 가서 등유를 뿌려 태웠답니다. 〈택시를 탄 남자〉도 그 안에 있었죠. 감상적인 음악이 어울릴 것 같은 정경이라고 생각하지 않으세요?"

그녀가 빙그레 웃어서 나도 미소지었다.

"그림을 태우는 건 아깝지 않았습니다. 그건 저 자신이 해방됨과 동시에 그를 해방시키는 것이기도 했으니까요. 그는 태워짐으로 인해 범용의 우리에서 겨우 해방된 거예요. 저는 그를 태우고, 그리고 제 일부를 태웠습니다. 1971년 5월의 맑게 갠 기분좋은 오후였죠. 그리고 저는 일본으로 돌아왔어요." 그녀는 방안을 손으로 빙 둘러 가리켰다. "이렇게요. 전 화랑을 경영하고 있습니다. 일은 잘되고 있어요. 제게는 뭐랄까, 장사 재주가 있나봐요. 분명. 지금은 독신이지만 별로 힘들지는 않아요. 나름대로 즐겁게 살고 있죠. 그러나 〈택시를 탄 남자〉의 이야기는 1971년 5월 오후 뉴욕의 공터에서 끝난 게 아니었습니다. 계속되는 이야기가 있어요."

그녀는 갑에서 담배를 꺼내 라이터로 불을 붙였다. 카메라맨이 헛기침을 했다. 나는 의자 위에서 자세를 고쳐 앉았다. 담배 연기가 천천히 위로 피어오르다, 난방기 바람에 흩어지듯 사라졌다.

"작년 여름, 아테네 거리에서 전 그를 만났어요. 그 말이에요. 그림 속의 '택시를 탄 남자'. 틀림없습니다. 확실히 그였어요. 전 아테네 택시의 뒷좌석에서 그와 합승했어요."

그것은 순전히 우연이었다. 여행중이었던 그녀는 저녁 여섯시경 아테네의 이집트 광장 앞에서 바실리시스 소피아스 대로까지 택시를 탔는데, 그 젊은 남자는 오모니아 광장 근처에서 그녀의 옆자리에 올라탔다. 아테네 택시는 행선지만 잘 맞으면 손님을 마구 합승시킨다.

남자는 마른 체격에 무척 핸섬했다. 그리고 여름의 아테네에선 보기 드물게 야회복을 입고 나비넥타이를 매고 있었다. 중요한 파티에 참석하러 가는 듯한 모습이었다. 머리부터 발끝까지 뉴욕에서 그녀가 구입한 그림 속 남자와 똑같았다. 그녀는 순간 자신이 말도 안 되는 착각을 하는 듯한 기분이 들었다. 잘못된 시간에 잘못된 장소에 뛰어든 것만 같은 그런 기분이었다. 몸이 10센티미터나 공중에 떠 있는 느낌이었다. 머릿속이 하얘졌다가, 그것이 조금씩 제자리로 돌아오는 데 꽤 오랜 시간이 걸렸다.

"헬로." 남자는 미소지으며 그녀에게 말했다.

"헬로." 거의 반사적으로 그녀는 대답했다.

"일본인이죠?" 남자는 깔끔한 영어로 물었다.

그녀는 잠자코 고개를 끄덕였다.

"일본에 한 번 가본 적이 있습니다." 그는 말했다. 그리고 침묵의 길이를 재려는 듯이 허공에 손가락을 펼쳤다. "공연을 하러 갔죠."

"공연이요?" 그녀는 멍한 상태에서 입을 열었다.

"저는 배우입니다. 그리스 국립극장 배우죠. 그리스 고대극 아시죠? 에우리피데스, 아이스킬로스, 소포클레스……"

그녀는 고개를 끄덕였다.

"요컨대 그리스입니다. 오래된 것이 가장 뛰어나죠." 그는 그렇게 말하고 빙그레 웃더니 화제를 중단하고, 쭉 뻗은 목을 옆으로 돌려 창밖 풍경을 바라보았다. 그 말을 듣고 보니 그는 배우 이외의 무엇으로도 보이지 않았다. 그는 한참 창밖으로 시선을 돌린 채 꼼짝도 하지 않았다. 스타디오 거리는 통근 차량으로 붐볐고, 택시는 아주 천천히 앞으로 나아가고 있었지만, 남자는 그런 것에 상관없이 가게 쇼윈도나 영화관 간판들을 보고 있었다.

그녀는 애써 머릿속을 정리하고자 했다. 현실을 정확한 현실의 틀에 집어넣고, 상상을 정확한 상상의 틀 속에 넣었다. 그러나 그래도 사태는 무엇 하나 바뀌지 않았다. 그녀는 7월의 아테네 거리의 택시 안에서 그림 속 남자와 나란히 앉아 있었다. 잘못 봤을 리는 없었다.

그러던 중 차는 겨우 스타디오 거리를 빠져나와, 신타그마 광장 옆을 지나 바실리시스 소피아스 대로로 들어섰다. 택시는 이제 이삼 분이면 그녀가 머무는 호텔 앞에 도착한다. 남자는 여전히 말없이 창밖을 내다보고 있었다. 해질녘의 기분좋은 바람이 그의 부드러운 머리칼을 흔들고 있었다.

"실례지만," 그녀는 남자에게 말을 걸었다. "지금 파티에 가시는 길인가요?"

"네, 물론." 그는 그녀를 보며 말했다. "파티에 가는 길이에요. 아주 크고 훌륭한 파티죠. 많은 사람들이 오고 술이 난무합니다. 아마 새벽녘까지 이어질 거예요. 전 도중에 나올 거지만."

택시가 호텔 현관에 서고, 호텔 종업원이 문을 열었다.

"카로 택시지(좋은 여행 되시길)." 남자가 그리스어로 말했다.

"에프카리스트 보리(감사합니다)." 그녀는 말했다.

택시가 해질녘의 자동차 러시 속으로 사라지는 것을 지켜보고 나서 그녀는 호텔 안으로 들어갔다. 어슴푸레한 어둠이 바람에 출렁이는 장막처럼 도시 위를 헤매며 흐르고 있었다. 그녀는 호텔 바에 앉아 보드카 토닉을 석 잔 마셨다. 바 안은 조용했고 그녀 말고는 손님도 없었고, 해질녘의 어둠도 거기까지는 미치지 않았다. 마치 그녀 자신의 일부를 그 택시 안에 두고 와버린 것 같은 느낌이 들었다. 그녀의 일부가 아직 택시 뒷좌석에 남아 있다가, 그 야회복을 입은 젊은 배우와 함께 어딘가의 파티장으로 향하고 있는 듯한 느낌이었다. 그것은 마치 흔들리는 배에서 내려 단단한 지면에 섰을 때의 느낌과 같은 종류의 잔존감이었다. 육체가 흔들리고, 세계는 멈춰 있었다.

떠올릴 수 없을 만큼의 긴 시간이 지나고 그녀 안의 흔들림이

가라앉았을 때, 그녀 안의 뭔가가 영원히 사라졌다. 그녀는 그것을 또렷이 느낄 수 있었다. 뭔가가 끝났다.

"그가 제게 마지막으로 한 말은 아직 귓가에 또렷이 남아 있어요. '카로 택시지―좋은 여행 되시길.'" 그렇게 말하며 그녀는 무릎 위에서 양손을 맞잡았다. "멋있는 말이라고 생각하지 않으세요? 그 말을 떠올릴 때마다 전 이렇게 생각해요. 내 인생은 이미 많은 부분을 잃어버렸지만, 그건 하나의 부분을 끝낸 것뿐이고, 앞으로 다른 뭔가를 얻을 수 있을 거라고요."

그녀는 한숨을 쉬고, 입술을 옆으로 조금 벌리듯이 미소를 지었다.

"이것으로 〈택시를 탄 남자〉 이야기는 끝입니다. 댓츠 올." 그녀는 말했다. "이야기가 길어져서 죄송해요."

그렇지 않다, 정말 재미있었다고 나와 카메라맨은 말했다.

"이 이야기에는 교훈이 있답니다." 그녀는 마지막으로 덧붙였다. "자기 자신의 체험으로만 배울 수 있는 귀중한 교훈이요. 이런 거죠. 사람은 뭔가를 지워버릴 수는 없다―지워지기를 기다리는 수밖에 없다, 라는 거예요."

그녀의 이야기는 거기서 끝났다.

나와 카메라맨은 잔에 남은 와인을 비우고, 그녀에게 인사를 한 뒤 화랑을 나섰다.

　나는 그녀의 이런 이야기를 바로 원고지에 정리해보았지만, 그때는 잡지 지면 관계로 도저히 기사화할 수 없었다. 그래서 지금 이런 형태로 발표할 수 있게 되어 무척 다행이라고 생각한다.

풀사이드

서른다섯 살이 되던 봄, 그는 자신이 이미 인생의 반환점을 돌아버렸음을 확인했다.

아니, 이건 정확한 표현이 아니다. 정확하게 표현하자면 서른다섯 살의 봄 그는 인생의 반환점을 돌기로 결심했다, 라고 해야 할 것이다.

물론 자신의 인생이 몇 년이나 계속될지는 아무도 모른다. 만약 일흔여덟 살까지 산다고 치면 인생의 반환점은 서른아홉이 될 것이고, 서른아홉까지는 아직 사 년의 여유가 있다. 게다가 일본 남성의 평균 수명과 그 자신의 건강 상태를 함께 고려하면 칠십팔 년이란 수명은 그리 심하게 낙관적인 가정도 아니다.

그래도 그는 서른다섯 살 생일을 자기 인생의 반환점으로 정하는 데 추호의 망설임도 없었다. 마음만 먹으면 죽음을 조금씩 먼 곳으로 밀어낼 수 있다. 그러나 그런 짓을 계속하다간 어쩌면 나는 명확한 인생의 반환점을 잃어버릴 게 틀림없다. 타당하다고 생각되는 수명이 일흔여덟에서 여든이 되고, 여든에서 여든둘이 되고, 여든둘에서 여든넷이 된다. 그런 식으로 인생은 조금씩 길어지게 된다. 그리고 어느 날, 사람들은 자신이 벌써 쉰이 되었음을 깨닫는 것이다. 쉰이라는 나이는 반환점으로는 너무 늦다. 백 살까지 사는 사람이 대체 몇 명이나 된단 말인가? 사람들은 그렇게 해서 저도 모르는 사이 인생의 반환점을 잃어가는 것이다. 그는 그렇게 생각했다.

스무 살이 지나면서부터 그는 '반환점'이라는 사고방식이 자신의 인생에서 빼놓을 수 없는 요소라고 느껴왔다. 자신을 알려면 자신이 서 있는 장소의 정확한 위치를 먼저 알아야 한다는 것이 그의 사고방식의 기본이었다.

어쩌면 그런 사고방식에는, 그가 중학교에 들어가서부터 대학을 졸업할 때까지 십 년 가까이 우수한 수영선수였다는 사실도 적잖이 영향을 주었을지 모른다. 수영이란 스포츠는 확실히 구분이 필요했다. 손끝이 풀장 벽에 닿으면, 그는 돌고래처럼 수중에서 몸을 흔들어 순간적으로 방향을 바꿔서는 발바닥으로 힘껏 벽을 찬다. 그리고 후반 200미터에 돌입한다. 그것이 턴이다.

만약 수영 경기에 턴이 없고 거리 표시도 없었더라면, 400미터를 전력으로 헤엄치는 작업은 틀림없이 구원이 없는 암흑의 지옥일 것이다. 턴이 있기 때문에 그는 400미터를 두 부분으로 나눌 수 있다. '이것으로 적어도 반은 끝났다'고 그는 생각한다. 다음에 그 200을 또 반으로 나눈다. '이제 4분의 3은 끝났다.' 그리고 또 반…… 하는 식으로 긴 여정은 점점 세분화되어간다. 거리가 세분화되면서 의지 역시 세분화된다. 즉, '어쨌거나 이다음 5미터를 헤엄치자'고 마음먹는 것이다. 5미터 헤엄치면 400미터의 거리는 80분의 1 줄어들게 된다. 그렇게 생각하면 물속에서 어떤 때는 구토하고 근육에 경련을 일으키면서도 마지막 50미터를 전력으로 헤엄칠 수 있었다.

　다른 선수들이 어떤 생각으로 풀을 왕복하는지는 모른다. 그러나 그는 그 분할 방식이 가장 성격에 맞았으며, 또 가장 타당한 사고라고 생각했다. 사물이 아무리 거대해 보이고 거기 맞서는 자신의 의지가 아무리 미미하게 느껴져도, 그것을 '5미터씩' 정리해나가는 것은 절대 불가능하지 않다는 사실을, 그는 50미터 풀 안에서 배웠다. 인생에서 가장 중요한 것은 분명한 형태를 가진 인식認識인 것이다.

　그래서 서른다섯번째 생일이 눈앞에 다가왔을 때, 그날을 자기 인생의 반환점으로 삼는 데 그는 전혀 망설임이 없었다. 겁먹을 건 하나도 없다. 칠십 년의 절반인 삼십오 년, 그 정도면 되지 않나 하고 생각했다. 만약 칠십 년 넘게 살게 된다면, 그건 그것 대로 감사히 살면 된다. 그러나 공식적으로 그의 인생은 칠십 년 이다. 칠십 년을 전력으로 헤엄치자—그렇게 결정해버리는 거다. 그러면 분명 나는 이 인생을 무난히 극복할 수 있을 것이다.

  그리고 이것으로 절반이 끝났다

라고 그는 생각한다.

  1983년 3월 26일은 그의 서른다섯번째 생일이었다. 아내는 그에게 녹색 캐시미어 스웨터를 선물했다. 해가 저물자 두 사람은 아오야마에 있는 단골 레스토랑에 가서 와인을 마시고 생선 요리를 먹었다. 그리고 그후에는 조용한 바에서 진토닉을 서너 잔 마셨다. 그는 '반환점'의 결심에 관해서는 아내에게 아무 말도 하지 않기로 했다. 그런 유의 견해는 타인의 눈에 종종 바보스럽게 비치기도 한다는 것을 그는 잘 알고 있었다.

  두 사람은 택시를 타고 집에 돌아와 섹스를 했다. 그가 샤워를 하고 나와 주방에 가서 캔맥주를 들고 침실로 돌아오자 아내는 벌써 깊은 잠에 빠져 있었다. 그는 자신의 넥타이와 양복을 옷장에 넣고, 아내의 실크 원피스는 잘 개켜서 책상 위에 올려놓았다. 셔츠와 스타킹은 한꺼번에 욕실 빨래바구니에 던져넣었다.

그는 소파에 앉아 혼자 맥주를 마시며 잠든 아내의 얼굴을 한동안 바라보았다. 아내는 지난 1월에 갓 서른이 되었다. 그녀는 아직 분수령의 저편에 있고, 그는 이미 분수령의 이쪽에 있다. 그렇게 생각하자 왠지 이상한 느낌이 들었다. 그는 남은 맥주를 비우고는, 머리 뒤로 깍지를 낀 채 소리 없이 웃었다.

물론 정정은 가능했다. 인생은 팔십 년이라고 다시 정해버리면 된다. 그렇게 하면 반환점은 마흔 살이 되어, 앞으로 오 년간 그는 저편에 있을 수 있다. 그러나 그 방법에 대한 답은 '노'였다. 그는 서른다섯으로 이미 터닝 포인트를 돌아버렸다. 그걸로 됐지 않나.

그는 부엌에 가서 캔맥주를 하나 더 마셨다. 그리고 거실 스테레오 장치 앞에 드러누워 헤드폰을 끼고 새벽 두시까지 브루크너의 심포니를 들었다. 밤중에 홀로 브루크너의 웅장한 심포니를 들을 때마다 그는 일종의 모순된 기쁨을 느꼈다. 그것은 음악 속에서밖에 느낄 수 없는 기묘한 기쁨이었다. 시간과 에너지와 재능의 장대한 소모……

*

　미리 언급해두고 싶은데, 처음부터 끝까지 나는 그가 나에게
해준 이야기를 그대로 기록하고 있다. 물론 어느 정도 문장의 각
색은 있으며, 불필요하다고 생각되는 부분은 알아서 뺐다. 내 쪽
에서 질문해 디테일을 보충한 부분도 있다. 아주 조금이지만 나
의 상상력을 구사한 부분도 있다. 그러나 전체적으로 이 글은 그
가 이야기한 그대로라고 생각해도 문제는 없다고 생각한다. 그
는 정확하고 요령 있는 말투로 이야기했으며, 어떤 부분에서는
상황을 지극히 자세하게 묘사할 수도 있었다. 그는 그런 타입의
사람이었다.

　그는 어느 회원제 스포츠 클럽의 풀사이드 옆에 있는 카페에
서, 내게 이 이야기를 했다.

*

　생일 다음날은 일요일이었다. 그는 일곱시에 일어나 물을 끓
여 뜨거운 커피를 만들고 양상추와 오이 샐러드를 먹었다. 아내
는 어쩐 일로 그때까지 자고 있었다. 식사를 마치고 음악을 들으
면서, 그는 수영선수 시절 익힌 고난도 체조를 꼬박 십오 분 동

안 했다. 미지근한 물로 샤워를 하고 머리를 감고 수염을 깎는다. 그리고 긴 시간 동안 정성스럽게 이를 닦는다. 치약은 아주 조금 묻혀서 치아 하나하나의 앞쪽과 뒤쪽을 천천히 칫솔질한다. 치아와 치아 사이의 더러움에는 치실을 사용한다. 세면실에는 그의 것으로만 세 종류의 칫솔이 늘어서 있다. 어느 하나만 마모되지 않도록 교대로 바꿔가면서 한 번씩 나눠쓴다.

그런 아침 의식을 한차례 끝내고 나자, 그는 여느 때처럼 근처 산책을 가지 않고, 탈의실 벽에 걸린 전신 거울 앞에 태어났을 때의 모습으로 서서 자신의 몸을 찬찬히 점검해보았다. 뭐니 뭐니해도 그것은 후반부 인생에서 맞이하는 첫번째 아침인 것이다. 그는 마치 의사가 신생아의 몸을 살펴보듯이 신기한 감동을 느끼며 자신의 몸을 구석구석 바라보았다.

우선 머리카락, 그리고 얼굴의 피부, 치아, 턱, 손, 배, 옆구리, 페니스, 고환, 허벅지, 다리. 그는 긴 시간을 들여 그것들을 일일이 체크하고, 플러스와 마이너스를 머릿속의 목록에 메모했다. 머리카락은 이십대에 비해 약간 숱이 적어지긴 했지만, 아직 그리 신경쓸 정도는 아니었다. 쉰 살까지는 아마 이대로 유지할 수 있을 것이다. 그다음은 그때 또 생각하면 된다. 가발도 좋은 게 많이 나왔고, 내 경우는 두상이 보기 싫지 않으니까 벗어진다 해도 그다지 흉한 모습은 아닐 것이다. 치아는 어렸을 때부터의 숙명적인 충치 때문에 상당수가 자기 치아가 아니다. 그러나 삼 년 전부터 꼼꼼한 칫솔질을 한 덕분에 더는 진행되지 않았다. "이십 년 전부터 이렇게 했더라면 지금쯤 충치 따위는 하나도 없었을 텐데 말입니다." 치과 의사는 말했다. 확실히 그 말이 맞지만, 이미 지나간 일을 후회해봐야 소용없다. 현상태를 유지하는 것, 지금으로서는 이것이 전부다. 그는 치과 의사에게 대체 몇 살까지 자신의 이로 음식을 씹을 수 있을지 물어보았다. "예순 살까지는 괜찮겠지요." 의사는 말했다. "지금처럼 손질을 잘한다면요." 그 걸로 충분하다.

얼굴 피부가 거친 것은 역시 나이 탓이다. 혈색이 좋아서 언뜻 젊어 보이긴 하지만, 거울 가까이 다가가서 보면 피부가 약간 울퉁불퉁했다. 매년 여름마다 무식한 방법으로 선탠을 한데다 담배도 오랫동안 너무 많이 피웠다. 앞으로는 양질의 로션이나 스킨이 필요했다. 턱에는 생각보다 살이 많이 붙어 있다. 이건 유전이다. 아무리 운동을 해서 얼굴 살을 빼도, 엷게 쌓인 눈처럼 보이는 이 부드러운 살의 베일만큼은 절대로 뺄 수가 없다. 나이를 먹을수록 점점 심해진다. 그리고 나도 아버지처럼 언젠가는 이중턱이 될 것이다. 결국에는 포기하는 수밖에 없다.

배는 플러스와 마이너스가 6대 4 정도였다. 운동과 계획적인 식사 덕분에 삼 년 전에 비해 뱃살은 눈에 띄게 줄어들었다. 서른다섯 살치고는 양호하다. 그러나 옆구리에서 등에 걸친 군살은 어지간한 운동으로는 빠지지 않는다. 옆모습을 보니, 학생 시절 마치 칼로 깎은 듯했던 허리 뒤의 날카로운 선은 흔적도 없이 사라져버렸다. 성기에는 그다지 변화가 없다. 옛날에 비하면 전체적으로 생생함이 준 듯하지만 그것도 기분 탓일지 모른다. 섹스 횟수는 물론 옛날만큼 많지 않지만, 현재까지 조루의 경험은 없다. 아내와의 사이에도 성적인 불만은 없다.

전체적으로 보면 신장 173센티미터, 체중 64킬로그램의 몸은 주위 동년배 남자들에 비하면 비교가 되지 않을 만큼 젊음을 유지하고 있다. 스물여덟 살이라고 해도 충분히 통할 정도다. 육체적인 순발력은 노쇠했지만, 지구력으로 말하자면 그의 육체는 트레이닝 덕분에 이십대 때보다 나아지기까지 했다.

그러나 그의 주의깊은 시선은 자신의 몸을 천천히 덮어가는 숙명적인 노화의 그림자를 놓치지 않았다. 머릿속의 체크 목록에 또렷이 새겨진 플러스와 마이너스의 밸런스 시트가 무엇보다 큰 소리로 그 사실을 알려주었다. 아무리 타인의 눈을 속인다 해도 자기 자신을 속이고 살아갈 수는 없다.

나는 늙어가는 것이다.

이것은 움직일 수 없는 사실이었다. 아무리 노력해도 사람은 노화를 피할 수 없다. 충치와 마찬가지다. 노력하면 그 진행을 늦출 수는 있지만, 아무리 진행을 지연시킨다 해도 노화는 반드시 자기 자리를 차지한다. 인간의 생명이란 그렇게 프로그램되어 있다. 나이를 먹으면 먹을수록 들인 노력의 양에 비해 얻을 수 있는 양은 줄어들고, 그러다 결국 제로에 가까워진다.

그는 욕실에서 나와 타월로 몸을 닦고 소파에 누워 한참 동안 하는 일 없이 멍하니 천장을 바라보고 있었다. 옆방에서는 아내가 다림질을 하면서 라디오에서 흘러나오는 빌리 조엘의 노래를 허밍으로 따라 부르고 있다. 폐쇄된 철공소에 관한 노래다. 전형적인 일요일 아침이었다. 다림질 냄새와 빌리 조엘과 아침 샤워.

"솔직히 말해서 늙는다는 것 자체는 나한테 그리 공포스러운 것도 아냐. 아까도 말했지만 말이야. 게다가 대항하기 힘든 것에 대항을 계속하는 건 내 성미에 맞아. 그러니까 그런 건 힘들지도 않고 고통스럽지도 않아." 그는 내게 말했다. "나한테 가장 큰 문제는 더 막연한 거야. 그곳에 있는 것을 알면서도 제대로 맞서 싸울 수 없다는 것, 그런 거야."

"그런 걸 왠지 모르게 느낀다는 거야?" 내가 물었다.

그는 고개를 끄덕였다. "아마도." 그가 말했다. 그리고 테이블 위에서 자리가 불편한 듯 양 손가락을 움직였다. "물론 나도 서른다섯이나 된 남자가 남들 앞에서 새삼스레 이런 이야기를 꺼내는 게 한심하다는 것쯤은 알아. 그런 유의 파악 불가능한 요소는 어떤 인생에나 있어. 그렇겠지?"

"그렇겠지." 나는 맞장구를 쳤다.

"그런데 솔직히 말해서, 이런 식으로 생생히 느낀 건 태어나서 처음이야. 그러니까 나 자신의 내부에 형용할 수 없는, 파악할 수 없는 뭔가가 잠재되어 있다는 걸 느낀 거야. 그래서 그걸 대체 어떻게 하면 좋을지 도무지 모르겠어."

할말이 없어서 나는 잠자코 있었다. 그는 확실히 혼란스러워 보였지만, 그래도 그 혼란은 혼란스러운 대로 앞뒤가 잘 맞았다. 그래서 나는 잠자코 그의 이야기를 계속 듣기로 했다.

그가 태어난 곳은 도쿄의 교외였다. 1948년 봄, 아직 전쟁이 끝난 지 얼마 되지 않았을 무렵이다. 형이 한 명 있고, 나중에 다섯 살 아래의 여동생이 태어났다. 아버지는 원래 중견급 부동산 업자였지만 나중에 주오 선 철도변을 중심으로 한 빌딩 임대업에 진출해, 60년대의 고도 성장기에 상당한 성공을 거두었다. 그가 열네 살 때 양친이 이혼했지만, 복잡한 사정이 있어서 아이들은 셋 다 아버지와 살게 되었다.

그는 일류 사립 중학교에서 같은 계열의 고등학교로, 그리고 대학으로 순조롭게 진학했다. 성적도 나쁘지 않았다. 대학에 들어가자 그는 미타에 있는 아버지의 맨션으로 이사했다. 그리고 주중에 닷새는 풀에서 수영하고, 나머지 이틀은 여자들과 데이트를 하며 보냈다. 그리 화려하게 놀았던 것은 아니지만, 상대가 없어 불편을 느낀 적도 없었다. 결혼 약속을 할 만큼 깊이 한 여자를 사귄 적도 없었다. 마리화나도 피웠고, 친구들의 선동으로 데모에 참가하기도 했다. 공부라고 할 만한 공부를 한 것은 아니지만, 그래도 강의만큼은 꼬박꼬박 출석했기 때문에 보통 이상의 성적을 거둘 수 있었다. 필기를 전혀 하지 않는 것이 그의 방식이었다. 필기를 할 시간에 그만큼 수업에 진지하게 귀기울이면 되는 것이다.

주변의 많은 사람은 그의 그런 성격을 제대로 파악하지 못했다. 그의 가족들도, 친구들도, 사귀던 여자들도 그랬다. 그가 속으로 무슨 생각을 하는지 아무도 이해하지 못했다. 공부도 제대로 하지 않고, 그다지 머리가 좋아 보이지도 않는데, 언제나 톱 클래스에 가까운 성적을 올리는 것도 수수께끼였다. 그러나 그렇게 종잡을 수 없는 성격에도 불구하고, 그의 선천적인 꾸밈없는 친절함은 다양한 부류의 사람들을 극히 자연스럽게 주변으로 끌어들였으며, 그 결과 그 자신도 많은 것을 얻을 수 있었다.

어른들도 그를 좋아했다. 그러나 대학을 나오자 그는 주변 사람들이 예상했던 일류 기업에 들어가지 않고, 아무도 이름을 들은 적 없는 조그만 교재 판매 회사를 골라 들어갔다. 대부분의 사람들은 의아하게 생각했지만, 그에게는 물론 나름의 계산이 있었다. 그는 삼 년 동안 영업사원으로 전국의 모든 중학교와 고등학교를 돌아다니면서, 현장의 교사들과 학생들이 하드웨어와 소프트웨어 두 가지 면에서 어떤 교재를 찾는지 면밀히 관찰했다. 각 학교들이 어느 정도의 예산을 교재비에 할당하는지도 조사했다. 리베이트에 대해서도 배웠다. 젊은 교사들과 술을 마시며 불평도 들었다. 수업도 열심히 참관했다. 그러는 동안 영업 성적은 당연히 톱을 달렸다.

입사한 지 삼 년째 되는 가을, 그는 새로운 교재에 관한 두꺼운 기획서를 작성해서 사장실에 제출했다. 비디오테이프와 컴퓨터를 연결하고, 교사와 학생이 합동으로 소프트웨어 제작에 참여한다는 획기적인 방식의 교육 시스템이었다. 기술적인 몇 가지 문제점만 해결한다면 이론상으로 가능한 일이었다.

사장 독단으로 오케이를 내려, 그를 중심으로 한 프로젝트 팀이 결성되었다. 그리고 이 년 뒤 그는 압도적인 성공을 거두게 된다. 그가 만든 교재 시스템은 고가이기는 했지만, 그렇다고 엄두를 못 낼 정도는 아니었고, 한번 팔기만 하면 소프트웨어와 관련된 사후 관리를 통해 그냥 놔둬도 회사가 이익을 올릴 수 있는 구조로 되어 있었다.

모든 것은 그의 계산대로였다. 그것은 그에게 이상적인 규모의 회사였던 것이다. 쓸데없이 관료적인 회의의 연속으로 새로운 시도가 망가져버릴 만한 대기업도 아니고, 그렇다 해서 자본에 불편을 겪을 정도로 작은 회사도 아니었다. 또 경영진도 젊고 충분히 의욕적이었다.

그렇게 해서 그는 서른이 되기 전에 실질적으로 중역의 권한을 가지게 되었다. 연봉은 동년배 중 누구보다도 높았다.

스물아홉 살 가을에 그는 이 년 전부터 사귀던 다섯 살 연하의 여자와 결혼했다. 그녀는 눈이 번쩍 뜨일 정도의 미인은 아니었지만, 사람들의 이목을 끌 만큼은 아름답고 매력적이었다. 집안도 좋고, 성실하고, 고집스럽지도 않았다. 솔직한 성격이고, 무척 아름다운 치아를 가지고 있었다. 첫인상은 아주 좋진 않지만 만나면 만날수록 느낌이 좋아지는 타입의 여자였다. 그는 결혼을 기회로 아버지 회사에서 노기자카에 있는 방 세 칸짜리 맨션을 공짜나 다름없는 가격에 샀다.

결혼생활에도 문제는 전혀 없었다. 두 사람은 서로를 무척 마음에 들어했으며, 공동생활은 지극히 순조로웠다. 그는 일하는 것을 좋아했고, 그녀는 집안일을 좋아했고, 두 사람 다 노는 것은 더 좋아했다. 몇 쌍의 부부 동반 친구들과 함께 테니스를 치고 식사를 하기도 했다. 그중 한 친구네가 팔려고 내놓은 중고 MG를 실로 싼 값에 손에 넣기도 했다. 신형 국산차에 비해 차량 검사를 할 때마다 돈이 좀더 들어가긴 했지만 그래도 역시 싸게 산 편이었다. 친구 부부는 아기가 태어나서 좌석이 두 개뿐인 스포츠카가 필요 없어졌지만, 그들 두 사람은 당분간 아기를 낳지 않을 생각이었다. 두 사람에게 인생은 아직 막 시작된 것으로 보였던 것이다.

이제 더는 젊지 않다, 라고 그가 처음으로 인식한 것은 결혼 이 년째 되던 봄이었다. 그는 역시 알몸으로 욕실 거울 앞에 섰을 때 자기 몸의 선이 옛날과는 완전히 달라졌음을 깨달았다. 마치 남의 몸 같았다. 요컨대 스물두 살 때까지 수영으로 단련한 육체의 유산을, 그는 그 십 년간 완전히 날려버린 것이다. 술, 맛있는 음식, 도시 생활, 스포츠카, 평온한 섹스, 그리고 운동 부족이, 군살이라는 추한 형태로 그의 몸에 달라붙어 있었다. 앞으로 삼 년 안에 나는 틀림없이 추한 중년 남자가 되어버리겠군, 그는 생각했다.

그는 먼저 치과에 가서 철저한 치아 치료를 받고, 그리고 다이어트 전문가와 계약해 종합적인 다이어트 식단표를 작성했다. 먼저 당분이 삭감되고, 흰쌀이 제한되고, 지방이 선별되었다. 술은 과하게만 마시지 않으면 되지만, 담배는 열 개비까지였다. 육식은 일주일에 한 번으로 정해졌다. 그러나 그는 하나부터 열까지 그리 광신적이 될 필요는 없다고 생각했으므로, 외식할 때는 좋아하는 음식을 적당하게 배부를 정도로 먹기로 했다.

운동에 관한 한 그는 자신이 무엇을 해야 하는지 잘 알고 있었다. 몸의 군살을 빼는 데는 테니스나 골프 같은 허울좋은 스포츠는 무의미했다. 하루 이삼십 분의 규칙적인 체조, 그리고 적절한 조깅과 수영, 그것으로 충분하다.

70킬로그램이나 나갔던 그의 체중은 여덟 달 후 64킬로그램까지 줄었다. 제법 나왔던 뱃살도 빠져 배꼽 모양이 또렷이 보이게 되었다. 볼이 홀쭉해지고, 어깨 폭이 넓어졌으며, 고환의 위치가 전보다 조금 낮아졌다. 다리가 굵어지고, 입냄새가 줄었다.

그리고 그는 애인을 만들었다.

상대는 어느 클래식 콘서트에서 옆자리에 앉은 걸 계기로 알게 된 아홉 살 연하의 여자였다. 그녀는 미인은 아니었지만, 어딘가 남자를 끄는 데가 있었다. 두 사람은 콘서트가 끝난 뒤 술을 마시고, 그리고 잤다. 그녀는 독신으로 여행사에 근무하고 있고, 그 외에도 남자친구가 몇 명 있었다. 그 쪽에서도 그녀 쪽에서도 서로 더 깊이 들어갈 생각은 없었다. 두 사람은 한 달에 한두 번 콘서트장에서 만날 약속을 하고, 그리고 잤다. 아내는 클래식 음악에 그리 흥미가 없었으므로, 그의 은근한 외도는 들키는 일 없이 이 년 동안 계속되었다.

그는 그 정사를 통해 한 가지 사실을 배우게 되었다. 놀랍게도 그는 이미 성적으로 무르익어 있었다. 그는 서른세 살의 나이에 스물네 살의 여자가 원하는 것을 과부족 없이 너끈히 줄 수 있게 된 것이다. 이것은 그에게 새로운 발견이었다. 그는 그걸 줄 수 있는 것이다. 아무리 군살을 뺀다 해도, 그는 이제 두 번 다시 젊은이로 돌아갈 수 없다.

그는 소파 위에서 뒹굴며, 그날의 첫 담배에 불을 붙였다.

이것이 그의 전반부 인생, 삼십오 년분의 저편의 인생이었다. 그는 원했고, 원한 것 대부분을 손에 넣었다. 노력도 했지만 운도 좋았다. 그는 보람 있는 직업과 높은 연봉과 행복한 가정과 어린 애인과 건강한 육체와 녹색 MG와 클래식 레코드 컬렉션을 갖고 있었다. 더 무엇을 원해야 할지 그는 알지 못했다.

그는 그대로 소파 위에서 담배를 피우고 있었다. 사고가 순조롭지 않았다. 그는 담배를 재떨이에 비벼 끄고, 멍하니 천장을 올려다보았다.

빌리 조엘은 이번에는 베트남전쟁에 대한 노래를 부르고 있다. 아내는 아직 다림질을 하고 있다. 무엇 하나 부러울 게 없다. 그러나 문득 정신을 차렸을 때, 그는 울고 있었다. 두 눈에서 뜨거운 눈물이 주룩주룩 흘러내렸다. 눈물은 그의 뺨을 타고 떨어져, 소파의 쿠션에 얼룩을 만들었다. 어째서 자신이 울고 있는지 그는 이해할 수 없었다. 울 이유 따윈 아무것도 없을 터였다. 어쩌면 빌리 조엘의 노래 탓일지도 모르고, 다림질 냄새 탓일지도 모른다.

십 분 뒤 아내가 다림질을 끝내고 곁으로 왔을 때, 그는 이미 울음을 그친 후였다. 그리고 쿠션은 뒤집어져 있었다. 그녀는 그의 옆에 앉아, 손님용 이불을 새로 사고 싶은데, 하고 말했다. 그로서는 손님용 이불 따위 아무래도 상관없었기에, 당신 좋을 대로 하라고 대답했다. 그녀는 그것으로 만족했다. 두 사람은 그후 긴자로 나가 프랑수아 트뤼포의 새 영화를 보았다. 두 사람은 결혼 전에 〈야생의 아이〉를 함께 본 적이 있었다. 신작은 〈야생의 아이〉만큼 재미있지는 않았지만, 그리 나쁘지도 않았다.

영화관을 나온 두 사람은 커피숍에 들어가서, 그는 맥주를 마시고, 그녀는 밤맛 아이스크림을 먹었다. 그리고 그는 레코드점에 가서 빌리 조엘의 LP를 샀다. 폐쇄된 철공소와 베트남 노래가 들어 있는 LP다. 그렇게 감탄할 만한 음악이라고는 생각하지 않았지만, 한 번 더 들으면 어떤 기분일지 시험해보고 싶었다.

"왜 빌리 조엘 음반을 살 생각이 났어?" 아내가 놀라서 물었다.

그는 웃고, 대답하지 않았다.

*

카페의 한쪽 벽은 통유리로 되어 있어서, 눈 아래로 풀장의 전경이 내려다보였다. 풀장 천장에는 가늘고 긴 천창이 달려 있고, 그곳을 통해 들어온 햇살이 수면에 작게 흔들리고 있었다. 어떤 빛은 물바닥까지 닿고, 어떤 빛은 반사되어 무기적인 흰색 벽에 의미 없는 기묘한 무늬를 그리고 있었다.

위에서 가만히 내려다보고 있자니, 그 풀장의 모습이 조금씩 현실감을 상실해가는 느낌이 들었다. 아마 풀장의 물이 너무 투명하기 때문일 거라고 나는 생각했다. 풀장의 물이 필요 이상으로 맑은 탓에 수면과 바닥 사이에 공백이 생긴 것처럼 보이는 것이리라. 풀장에서는 젊은 여자 둘과 중년 남자 하나가 수영하고 있었지만, 그들은 수영을 한다기보다 마치 그 공백 위를 조용히 미끄러져가는 것 같았다. 풀사이드에는 하얗게 칠한 조망대가 있고, 체격 좋은 젊은 구조원이 지루한 듯이 수면을 멍하니 바라보고 있었다.

그는 대충 이야기를 끝내자 손을 들고 웨이트리스를 불러 맥주를 더 주문했다. 나도 따라 주문했다. 그리고 맥주가 올 때까지 둘이서 또 가만히 풀의 수면을 바라보고 있었다. 물바닥에는 코스로프와 수영하는 사람들의 그림자가 비치고 있었다.

나와 그는 알게 된 지 아직 두 달밖에 되지 않았다. 우리는 둘 다 이 스포츠 클럽 회원으로, 말하자면 수영 동료인 셈이다. 내가 자유형을 할 때 오른팔 젓는 법을 교정해준 것도 그다. 우리는 수영이 끝난 뒤 이 카페에서 차가운 맥주를 마시며 가끔 잡담을 나누었다. 한번은 서로의 직업에 대한 이야기가 나와서 내가 소설가라고 하자, 그는 잠시 가만있더니, 이야기를 하나 들어주지 않겠느냐고 했다.

　　"내 이야기야." 그는 말했다. "굳이 말하자면 평범한 이야기라 자네는 시시하다고 생각할지도 몰라. 그렇지만 예전부터 꼭 누군가에게 이야기하고 싶었어. 나 혼자 안고 있으면 아무리 세월이 흘러도 납득할 수 없을 것 같아서 말이야."

　　상관없다고 나는 말했다. 그는 시시한 이야기를 주절주절 늘어놓아서 상대방을 곤혹스럽게 만들 타입의 사람으로는 보이지 않았다. 그가 일부러 내게 뭔가 이야기하려 한다면, 그건 내가 진지하게 들어줄 만한 가치가 있는 이야기일 거라고 나는 생각했다.

　　그리고 그는 이 이야기를 했다.

　　"이봐, 자네는 소설가로서 이 이야기를 어떻게 생각해? 재미있다고 생각하나, 그렇지 않으면 지루하다고 생각하나? 솔직하게 대답해주었으면 해."

"재미있는 요소가 있는 이야기라고 생각해." 나는 신중히 솔직하게 대답했다.

그는 미소지으며 고개를 몇 차례 가로저었다. "그럴지도 모르지. 하지만 난 대체 이 이야기의 어디가 재미있는지 도무지 모르겠어. 난 이 이야기의 중심에 있는 일종의 재미라고 할 만한 걸 파악하질 못하겠어. 그리고 그걸 만약 제대로 파악한다면, 나는 나를 둘러싼 상황을 좀더 제대로 이해할 수 있을 것 같아."

"그럴 거야, 아마." 나는 말했다.

"자네는 이 이야기의 재미가 어디 있는지 알겠어?" 그는 내 얼굴을 들여다보며 그렇게 물었다.

"모르겠어." 내가 말했다. "그렇지만 난 자네 이야기에 아주 재미있는 부분이 많다고 생각해. 소설가의 눈을 통해서 말해도 좋다면. 그러나 대체 이 이야기의 어디가 재미있는가 하는 건 실제로 손을 움직여 원고지에 써보지 않으면 알 수 없어. 그런 거야. 내 경우에는 문장으로 만들어보지 않고는 사물의 모습이 제대로 잘 보이지 않아."

"자네가 하려는 말은 잘 알겠어." 그가 말했다.

그후 우리는 한동안 입을 다물고 묵묵히 각자 맥주를 마셨다. 그는 베이지색 버튼다운 셔츠 위에 녹색 캐시미어 스웨터를 입고, 테이블에 턱을 괴고 있었다. 가느다란 약지에 은색 결혼반지가 반짝였다. 나는 그 손가락이 매력적인 아내와 젊은 애인을 애무하는 모습을 잠깐 상상해보았다.

"그 이야기를 써봐도 되긴 하는데." 나는 말했다.

"하지만 어딘가에 그걸 발표하게 될지도 몰라."

"상관없어, 그래도." 그는 말했다.

"그리고 오히려 발표해주는 편이 좋을 것도 같아."

"여자관계가 드러나는데, 그래도 괜찮아?" 내가 물었다. 내 경험으로 보아 실제 인물을 모델로 한 글은 100퍼센트의 확률로 먼저 주위 사람들에게 알려지게 된다.

"괜찮아. 그 정도는 각오하고 있어." 그는 별거 아니라는 듯 대답했다.

"들통나도 괜찮은 거지?" 나는 다짐을 두었다.

그는 고개를 끄덕였다.

"사실 누군가에게 거짓말하는 건 좋아하지 않아." 헤어질 무렵 그가 말했다. "그 거짓말이 설령 아무도 상처 입히지 않는다는 걸 알아도, 거짓말은 하고 싶지 않아. 그런 식으로 누군가를 속이거나 이용하면서 남은 인생을 살아가고 싶지는 않아."

나는 거기에 대해 뭔가 말하려고 했지만, 선뜻 말이 나오지 않았다. 그가 하는 말이 옳았기 때문이다.

나는 요즘도 가끔씩 그와 얼굴을 마주한다. 이제 골치 아픈 이야기는 하지 않는다. 풀사이드에 앉아 날씨 이야기를 하거나, 최근의 콘서트 이야기를 할 뿐이다. 그가 이 글을 읽고 어떻게 느낄지 나는 짐작도 가지 않는다.

지금은 죽은 왕녀를 위한

귀하게 자라서 그 결과 대책이 없을 정도로 버릇없는 예쁜 소녀들이 대부분 그렇듯이, 그녀는 타인의 마음에 상처 입히는 데 천재적이었다.

　그 당시 나는 젊어서(아직 스물하나인가 둘이었다), 그녀의 그런 성향을 몹시 불쾌하게 생각했다. 지금 생각해보면 그녀는 그렇게 습관적으로 타인을 상처 입힘으로써 자기 자신도 똑같이 상처 입었을 것 같다는 느낌이 든다. 그리고 그러는 것 말고 달리 자신을 제어할 방법을 찾을 수 없었을 것이다. 그래서 누군가, 그녀보다 훨씬 강한 입장의 누군가 그녀의 몸 어딘가를 요령 있게 절개해 그 '에고'를 꺼내주었다면 그녀도 훨씬 편해졌을 것이다. 그녀 역시 그런 구원을 바라고 있었을 터였다.

그러나 그녀 주변에는 그녀보다 강한 사람이 아무도 없었으며, 나만 해도 젊은 시절에는 거기까지 생각이 미치지 못했다. 그저 단순히 불쾌할 뿐이었다.

그녀가 어떤 이유로—이유 따위는 전혀 없을 때도 종종 있었지만—누군가를 상처 입히려고 결심하면, 그 어떤 왕의 군대를 끌고 와도 막을 수 없었다. 그녀는 그 가엾은 희생자를 대중이 보는 데서 능수능란하게 막다른 길로 유인하고, 벽에 밀어붙이고, 마치 잘 삶은 감자를 주걱으로 으깨듯이 무자비하게 난도질했다. 나중에 보면 얇은 종이 정도의 잔해밖에 남지 않았다. 지금 생각해도 그건 대단한 재능이다.

그녀는 절대 논리적으로 말을 잘하진 않았지만, 상대의 감정적인 약점을 순간적으로 포착할 수 있었다. 그리고 마치 무슨 야생동물처럼 가만히 몸을 숨기고 때를 기다렸다가, 타이밍을 포착해서 상대방의 부드러운 목덜미를 덥석 물어 찢어발겼다. 대개의 경우 그녀가 하는 말은 제멋대로인 억지였고, 요령 좋은 속임수였다. 그래서 나중에 천천히 생각해보면 당한 당사자나 주위에서 지켜본 우리나 어째서 그렇게 맥없이 승부가 나버렸는지 고개를 갸웃거리게 되는데, 요컨대 그때는 이미 그녀에게 약점을 단단히 잡혔기 때문에 꼼짝도 못하게 되는 것이다. 권투에서 말하는 '발이 묶인' 상태다. 남은 건 매트에 쓰러지는 일밖에 없다. 나는 다행히 그녀에게 그런 일을 당한 적이 한 번도 없었지만, 그런 광경은 수도 없이 봐왔다. 그것은 논쟁도 아니고 말다툼도 아니고 싸움도 아니었다. 그것은 말 그대로 피비린내 나는 정신적 학살이었다.

나는 그녀의 그런 성미가 넌덜머리 날 정도로 싫었지만, 그녀 주변의 남자들 대부분은 바로 그런 이유 때문에 그녀를 높이 평가했다. "그 아이는 머리가 좋고 재능이 있어." 그들은 그렇게 생각했고, 그리고 그것이 그녀의 그런 경향을 더욱 부채질했다. 이른바 악순환이라는 것이다. 출구가 없다.『꼬마 검둥이 삼보』에 나오는 세 마리 호랑이처럼, 버터가 될 때까지 야자수 주위를 뛰어다니게 된다.

같이 어울려 다니는 다른 여자애들이 당시 그녀를 어떻게 평가했는지는 유감스럽게도 아는 바가 없다. 나는 그 그룹과 얼마간 거리를 두고, 이를테면 방문객 같은 자격으로 관여했던 탓에 그 여자애들 중 누구와도 속마음을 들을 수 있을 만큼 친하지 못했기 때문이다.

그들은 대부분 스키 친구로, 세 개 대학의 스키 동호회 중 일부가 모여서 형성된 기묘한 조직이었다. 그들은 겨울방학에는 장기 합숙을 하며 스키를 탔고, 그 외의 시즌에는 모여서 트레이닝을 하거나 술을 마시거나, 다같이 쇼난 해안으로 수영을 가거나 했다. 인원은 전부 열두세 명 정도로, 모두 세련된 차림이었다. 세련되고 느낌이 좋았으며, 친절했다. 그러나 지금 그들 가운데 누구 한 사람을 특별히 기억해보라고 한다면, 절대로 떠올릴 수 없다. 그들 열두세 명이 내 머릿속에서 녹아내린 초콜릿처럼 완전히 뒤섞여, 하나의 이미지를 분리해내는 것이 불가능하기에, 더는 구분이 가지 않는 것이다. 물론 그녀만은 예외지만.

나는 스키에는 전혀라고 해도 좋을 만큼 흥미가 없었으나, 고교 시절 친구가 이 모임에 속해 있었고, 개인 사정으로 그 친구의 아파트에 한 달쯤 기거하게 되면서 그 그룹 멤버들과 알게 되고, 또 나름대로 어울리게 되었다. 마작 점수 계산을 잘했던 것도 그 이유 중 하나였다 싶지만, 어쨌든 앞에서도 말했듯이 그들은 나에게 매우 친절했으며 스키 여행을 갈 때도 꼭 불러주었다. 나는 팔굽혀펴기 말고는 흥미가 없다고 그 제의를 거절했지만, 지금 생각해보니 굳이 그런 말까지 할 필요는 없지 않았나 싶다. 그들은 정말 순수하게 친절한 사람들이었다. 실제로 스키보다 팔굽혀펴기 쪽을 훨씬 좋아했다 해도 그런 식으로 말할 것은 아니었다.

나와 동거했던 친구는 처음부터 내가 기억하는 한 마지막까지 시종일관 그녀에게 푹 빠져 있었다. 확실히 그녀는 대부분의 남자들이 반할 만한 타입의 여자였다. 나 역시 좀더 다른 상황에서 만났더라면, 첫눈에 그녀에게 열을 올렸을지도 모른다. 그녀의 아름다움을 문장으로 표현하는 것은 비교적 간단한 작업이다. 세 가지 포인트만 확보하면, 그 대부분의 특징을 커버할 수 있기 때문이다. (a) 총명해 보이고 (b) 활동적이며 (c) 요염하다, 는 것이다.

그녀는 몸집이 작고 말랐지만 멋지게 균형 잡힌 몸매였으며, 온몸에 에너지가 흘러넘쳤다. 눈이 반짝반짝 빛났다. 입술은 야무지게 일자로 다물고 있다. 그리고 항상 약간 까칠한 표정을 짓고 있지만, 가끔 빙그레 미소지으면 주변의 공기가 마치 무슨 기적이 일어난 듯이 한순간에 누그러졌다. 나는 그녀의 인격에 관해서는 호의를 갖고 보지 않았지만, 그래도 그녀의 미소만은 좋아했다. 어쨌거나 좋아하지 않을 도리가 없는 것이다. 옛날 고등학생 시절 영어 교과서에서 '봄에 사로잡혀arrested in a springtime'라는 구절을 읽은 적이 있는데, 그녀의 미소가 바로 그런 느낌이었다. 대체 누가 따뜻한 봄 햇살을 비판할 수 있겠는가?

그녀에게는 특정한 애인이 없었기 때문에 멤버 가운데 세 명의 남자가—내 친구도 당연히 그중 한 명이었지만—그녀에게 열을 올렸다. 그녀는 특별히 상대를 정하는 일 없이 그때그때 상황에 맞춰 그 세 사람을 능숙하게 갖고 놀았다. 세 사람도 적어도 표면상으로는 서로를 비난하지 않고 우호적이며 꽤 즐겁게 살고 있었는데, 나는 그런 모습에 쉽게 익숙해지지 못했지만, 결국 그건 타인의 문제이지 나와는 관계가 없었다. 내가 일일이 참견할 일이 아니다.

나는 처음 봤을 때부터 그녀가 마음에 들지 않았다. 나도 나름대로 귀하게 자랐다고 생각하기 때문에, 그녀가 얼마만큼 귀여움을 받으며 자랐는지 손바닥 들여다보듯 알 수 있었다. 응석을 부리고, 늘 칭찬만 받고, 보호를 받고, 물질적인 혜택을 누리며 성장한 것이다. 그러나 문제는 그것만이 아니었다. 응석을 받아주거나 용돈을 주는 것이 아이의 버릇을 버려놓는 결정적 요인은 아니다. 가장 중요한 것은 주변 어른들이 표출하는 성숙하면서도 비뚤어진 갖가지 감정으로부터 아이를 보호하는 책임을 누가 떠맡느냐 하는 데 있다. 모든 사람이 그 책임을 회피하고 아이에게 좋은 얼굴을 보이고 싶어할 때, 그 아이는 확실히 버릇없는 아이가 된다. 마치 여름날 오후 모래사장에서 알몸으로 강한 자외선을 쬐는 것처럼, 막 태어난 그들의 보드라운 에고는 돌이킬 수 없는 손상을 입게 되는 것이다. 결국은 그것이 가장 큰 문제다. 오냐오냐 키우고 부족함 없이 돈을 주는 것은 어디까지나 그에 따르는 부차적인 요소에 지나지 않는다.

처음 마주해 두세 마디를 나눠보고 또 한동안 그녀의 언동을 지켜보면서, 솔직히 말해 나는 완전히 질렸다. 설령 그 원인이 그녀 외의 다른 누군가에게 있다고 해도, 그녀가 그렇게 되어선 안 된다고 생각했다. 설령 인간의 에고에 다소의 차이가 있으며 본질적으로는 기형이라고 정의할 수 있다 하더라도. 그래도 그녀는 어떤 식의 노력이라도 해야 했다. 그래서 나는 그때 이후, 그녀를 피할 정도는 아니지만 필요 이상으로 그녀에게 다가가지 않기로 결심했다.

남들에게 들은 이야기로는 그녀는 이시카와 현인가 어딘가의 에도시대부터 내려오는 전통 있는 료칸의 딸이라고 했다. 오빠가 한 명 있지만 나이차가 많이 나서 무남독녀처럼 귀하게 자랐다. 성적도 줄곧 상위권인데다 미인이어서 학교에서는 언제나 선생님들의 귀여움을 독차지했으며, 동급생들은 감히 근접할 엄두를 못 내는 존재였던 것 같다. 그녀에게 직접 들은 이야기는 아니니 어디까지가 진실인지는 모르지만 있을 법한 이야기다.

그리고 어린 시절부터 피아노를 배워 그쪽으로도 상당한 수준이었다. 언젠가 누군가의 집에서 그녀가 치는 피아노를 들은 적이 있다. 나는 그다지 음악에 대해 지식이 없어서 연주의 정서적인 깊이 따위를 제대로 판단할 수는 없지만, 그녀의 음감은 놀랄 만큼 예리했으며, 적어도 음표는 틀리지 않았다.

그런 이유로 주변 사람들은 당연히 그녀가 음대에 들어가 프로 피아니스트의 길을 걸을 거라고 생각했지만, 예상을 뒤집고 그녀는 과감히 피아노를 버리고 미술대학에 들어갔다. 그리고 기모노 디자인과 염색 공부를 시작했다. 그녀에게는 완전히 미지의 분야였지만, 어릴 적부터 오래된 기모노에 둘러싸인 환경에서 자란 탓에 몸에 밴 경험적인 감각을 발휘해 그 방면에서도 이목을 끌 정도의 재능을 보였다. 요컨대 무슨 일을 하든 나름대로 남들 이상으로 해내는 타입이었다. 스키도 요트도 수영도, 무엇을 해도 그녀는 잘했다.

그런 이유 때문에 주변의 누구 한 사람도 그녀의 결점을 지적할 수 없게 되어버렸다. 그녀의 관용 없는 성격은 예술가적인 기질로 간주되고, 신경질적인 성향은 남들보다 예민한 감수성으로 받아들여졌다. 그렇게 해서 그녀는 만인의 여왕이 되었다. 그녀는 아버지가 절세 대책으로 갖고 있던 방 두 개짜리 아담한 맨션에 살면서, 기분이 내키면 피아노를 쳤고, 옷장에는 새 옷이 가득 걸려 있었다. 그녀가 손가락만 까딱하면(물론 이건 비유적인 표현이지만), 친절한 남자친구 몇 명이 눈 깜짝할 사이에 쫓아왔다. 몇몇 사람들은 그녀가 장차 자신의 전문 분야에서 상당한 성공을 거둘 거라고 믿었다. 당시 그녀의 앞길을 방해하는 것은 아무것도 존재하지 않으리라 여겨졌다. 1970년인가 1971년인가, 아무튼 그 무렵의 일이다.

나는 이상한 계기로 딱 한 번 그녀를 안은 적이 있다. 안았다고 해서 섹스를 한 건 아니라, 그저 단순히 물리적으로 안았을 뿐이다. 이를테면 모두 취해서 뒤섞여 자다, 문득 깨어보니 옆에 자고 있던 게 그녀였다는 것뿐이다. 흔히 있는 이야기다. 그러나 나는 그때 일을 지금까지도 신기하리만큼 또렷이 기억하고 있다.

내가 눈을 뜬 것은 새벽 세시였다. 문득 옆을 보니 그녀는 나와 같은 담요를 덮고 기분좋은 숨소리를 내며 자고 있었다. 6월 초로 모두가 뒤섞여 자기에 안성맞춤인 계절이었지만, 요를 깔지 않고 방바닥에 그냥 누운 탓에 아무리 젊다고는 해도 몸의 마디마디가 아팠다. 게다가 그녀가 내 왼팔을 베개 삼아 베고 있어 몸을 움직이려야 움직일 수가 없었다. 심한 갈증 때문에 미칠 것 같았지만 머리를 밀어낼 수도 없고, 그렇다고 살짝 목을 안아올리고 그사이에 팔을 빼낼 수도 없었다. 그런 짓을 하는 사이 그녀가 잠에서 깨어 나의 행위를 이상한 식으로 오해한다면, 나로서는 최악이기 때문이다.

잠시 생각한 후 결국 나는 아무것도 하지 않고 한동안 상황의 변화를 기다리기로 했다. 머지않아 그녀도 몸을 뒤척일 것이다. 그러면 나는 재빨리 팔을 빼고 물을 마시러 가면 된다. 그러나 그녀는 꼼짝도 하지 않았다. 내 쪽으로 얼굴을 돌리고, 규칙적인 숨소리만 되풀이할 뿐이었다. 셔츠의 소맷자락이 그녀의 숨결로 따뜻하게 젖어 있어 몹시 간지러웠다.

십오 분인가 이십 분쯤 나는 그대로 기다렸지 싶다. 그래도 그녀가 움직이지 않아서 결국 나는 물 마시는 걸 포기하기로 했다. 갈증은 참기 힘들었지만, 지금 당장 물을 마시지 않는다고 죽는 것도 아니다. 나는 왼팔을 움직이지 않도록 주의하면서 힘들게 고개를 돌려, 베갯머리에 돌아다니던 누군가의 담배와 라이터를 발견하고, 오른손을 뻗어 끌어당겼다. 그리고, 그런 짓을 하면 더욱 목이 마를 거라는 사실을 알고 있었지만, 담배를 한 개비 피웠다.

그러나 실제로 담배를 피우고 그 꽁초를 가까이 있던 빈 맥주 깡통 속에 넣어 끄고 나자, 이상하게도 갈증의 고통은 담배를 피우기 전보다 훨씬 덜했다. 그래서 나는 한숨 돌리며 눈을 감고, 다시 잠을 자려고 애썼다. 아파트 가까이 고속도로가 있어서 그곳을 오가는 심야 트럭의 짓눌린 듯 평평한 타이어 소리가 얇은 유리창 저쪽으로부터 방안 공기를 어렴풋이 흔들었고, 몇 명인가 남녀의 숨소리와 가볍게 코 고는 소리가 그에 뒤섞였다. 그리고 한밤중에 남의 집에서 잠을 깬 사람들 대부분이 그러하듯 '내가 대체 이런 데서 뭘 하고 있는 걸까' 하는 생각이 들었다. 정말 아무런 의미가 없고, 완전히 제로다.

여자관계가 묘하게 꼬이는 바람에 하숙집에서 쫓겨나는 신세가 되어 친구 자취집으로 굴러들어가고, 스키도 못 타는 주제에 영문도 모르는 스키 그룹에 끼어, 하물며 전혀 좋아하지도 않는 여자에게 팔베개나 해주고 있다니, 생각할수록 우울해졌다. 이런 짓을 하고 있을 때가 아니라는 생각이 들었다. 그러나 무엇을 어떻게 해야 좋을지, 내게는 그것 역시 아무런 전망이 없었다.

자는 것을 포기하고 다시 눈을 떠 천장에 매달린 형광등을 멍하니 바라보고 있는데, 내 왼팔 위에서 그녀가 몸을 움직였다. 그러나 그녀는 내 왼팔을 해방시켜준 것이 아니었다. 오히려 내게 완전히 안기듯이 파고들더니, 내 몸에 자기 몸을 바싹 붙여왔다. 그녀의 귀가 내 코앞에 있고, 거의 지워져가는 전날 밤의 오드콜로뉴와 희미한 땀냄새가 났다. 가볍게 구부린 그녀의 다리가 내 허벅지에 걸쳐 있었다. 숨소리는 여전히 부드럽고 규칙적이었다. 따뜻한 숨이 내 목에 와 닿고, 옆구리 윗부분쯤에서 그녀의 부드러운 유방이 그에 맞춰 오르내렸다. 그녀가 딱 붙는 저지셔츠에 플레어스커트를 입고 있어서 나는 그녀의 몸매를 또렷이 느낄 수 있었다.

참으로 묘한 상황이었다. 다른 경우였다면, 상대가 다른 여자였다면 그런 상황을 꽤 즐길 수 있었을지도 모른다. 그러나 상대가 상대다보니 나는 몹시 혼란스러웠다. 솔직히 그런 상황에서 도대체 어떤 식으로 대처해야 좋을지 짐작도 가지 않았다. 어떤 식으로든 현재 내가 처한 난처한 입장에서 벗어날 수 없을 것 같았다. 게다가 더욱 어처구니없게도 내 페니스는 그녀의 다리에 바싹 밀착된 채 딱딱해지기 시작했다.

그녀는 줄곧 같은 리듬으로 숨소리를 내고 있었지만, 그래도 아마 내 페니스의 변화를 파악하고 있었을 거라 생각한다. 조금 후 그녀는 마치 잠결에 하듯이 팔을 살짝 뻗쳐 내 등에 두르고, 내 팔 안에서 작게 몸의 방향을 바꾸었다. 덕분에 그녀의 유방은 내 가슴에 더욱 바싹 붙었고, 페니스는 그녀의 부드러운 아랫배를 누르게 되었다. 상황은 훨씬 나쁜 방향으로 나아가고 있었다.

나를 그런 상황으로 몰아넣은 그녀에게 나름 화는 났지만, 그와 동시에 아름다운 여자를 안았다는 행위 속에 포함된 일종의 인생의 온기 같은 것 덕분에, 그런 희뿌연 기체 상태의 감정이 이미 내 몸을 폭 휘감고 있었다. 나는 이제 어디로도 달아날 수 없었다. 그녀도 나의 그런 정신 상태를 알아차리고 있을 게 분명해 그게 또 화가 났지만, 부푼 페니스가 지니는 그 기묘하게 언밸런스한 우스움 앞에서 나의 화 같은 건 이미 아무 의미도 없었다. 나는 포기하고 비어 있는 쪽 팔을 그녀의 등에 둘렀다. 그래서 우리는 서로 꼭 껴안은 꼴이 되었다.

그러나 그렇게 되고 나서도 우리는 둘 다 서로 깊이 잠든 척하고 있었다. 나는 그녀의 유방을 가슴에 느끼고, 그녀는 나의 딱

딱한 페니스의 감촉을 배꼽 조금 아래로 느끼면서 우리는 오랫동안 그대로 있었다. 나는 그녀의 작은 귀와 위태로울 만큼 부드러운 잔머리를 바라보았고, 그녀는 내 목을 응시하고 있었다. 우리는 자는 척하면서 서로 같은 생각을 하고 있었다. 나는 그녀의 스커트 속에 손가락을 밀어넣는 생각을 하고 있었으며, 그녀는 내 바지 지퍼를 내리고 따뜻하고 매끄러운 페니스를 만지는 생각을 하고 있었다. 이상하게도 우리는 서로가 생각하는 것들을 손바닥 들여다보듯 훤히 느낄 수 있었다. 그것은 참으로 희한한 감각이었다. 그녀는 내 페니스를 생각하고 있었다. 그녀가 생각하는 나의 페니스는 마치 나의 페니스가 아니라 다른 누군가의 페니스처럼 느껴졌다. 그러나 그건 어쨌거나 나의 페니스였다. 나는 그녀의 스커트 아래 조그만 속옷과 그 안에 감싸인 따뜻한 버자이너를 생각했다. 그녀도 내가 생각하는 버자이너에 대해서, 내가 그녀가 생각하는 페니스에 대해 느끼는 것과 똑같은 걸 느끼고 있을지도 모른다. 아니면 여자들은 버자이너에 대해서, 우리가 페니스에 대해 느끼는 것과 전혀 다른 느낌을 가지는지도 모른다. 그런 것에 대해서는 나는 잘 모른다.

그러나 상당히 망설인 끝에 끝내 나는 그녀의 스커트 속으로 손을 넣지 않았고, 그녀는 그녀대로 내 바지 지퍼를 내리지 않았다. 그것을 억제하는 것이 그때는 몹시도 부자연스럽게 느껴졌지만, 결국은 그러길 잘했다고 생각한다. 만약 그 이상의 상황으로 밀고 나갔더라면 우리는 감당하지 못할 감정의 미로에 빠지지 않을까 하는 생각이 들었다. 그리고 내가 그렇게 느낀 것을 그녀도 느꼈다.

우리는 같은 자세로 삼십 분쯤 서로 껴안고 있다가, 아침 햇살이 방 구석구석까지 환하게 들어오기 시작할 무렵 몸을 떼고 잠이 들었다. 몸을 뗀 후에도 내 주변에는 아직 그녀의 살냄새가 떠돌고 있었다.

그후 나는 한 번도 그녀를 만난 적이 없다. 내가 교외에 아파트를 얻어 이사하고 그길로 그 기묘한 그룹과는 소원해졌기 때문이다. 하긴 기묘하다고 해도 그건 어디까지나 내 생각이고, 그들은 자기들이 기묘할지 모른다는 생각은 한 번도 해본 적이 없을 것이다. 그들에게는 오히려 내가 더 기묘하게 비쳤으리라.

한동안 나를 머물게 해준 친절한 친구와는 그후 몇 번인가 만났으며, 그때는 당연히 그녀의 이야기도 나왔겠지만, 어떤 이야기를 했는지는 잘 기억나지 않는다. 아마 여전히 시시껄렁한 이야기였을 것이다. 대학을 졸업하자 그 친구도 간사이로 돌아가버려 더 만나지 않게 되었다. 그후 십이 년인가 십삼 년이 지났고, 나도 그 세월만큼 나이를 먹었다.

나이를 먹어서 좋은 점 하나는 호기심을 품을 대상의 범위가 한정된다는 것인데, 나도 나이를 먹음에 따라 기묘한 부류의 사람들과 만날 기회가 예전에 비해 훨씬 줄어들었다. 가끔씩 우연한 계기로 옛날에 만났던 그런 사람들을 떠올리기는 하지만, 그건 마치 기억의 끄트머리에 걸린 단편적인 풍경이나 마찬가지로 더는 아무런 감흥을 불러일으키지 않는다. 별로 그립지도 않고, 별로 불쾌하지도 않다.

그런데 몇 년인가 전에 우연한 기회로, 그녀의 남편이라는 인물을 만나 이야기를 나눈 적이 있다. 그는 나와 동갑으로, 한 레코드 회사의 디렉터 일을 하고 있었다. 키가 크고, 차분하며, 느낌이 꽤 좋은 인물이었다. 머리카락이 난 부분이 마치 경기장 잔디처럼 깔끔한 직선이었다. 우리는 일 때문에 만났는데, 필요한 이야기가 끝나자 그는 "아내가 무라카미 씨를 옛날에 알았다고 하더군요" 하고 말했다. 그리고 그녀의 옛 성을 말했다. 잠시 그 이름과 그녀의 존재가 머릿속에서 연결되지 않아, 대학 이름과 피아노 이야기를 듣고 나서야 나는 겨우 그게 그녀라는 것을 알았다.

"기억납니다." 나는 말했다.

그렇게 해서, 나는 그녀의 그후 궤적을 알게 된 것이다.

"무라카미 씨를 어느 잡지 화보에서인가 보고는 바로 알아본

모양이에요. 반갑다고 하더군요."

"저도 반갑네요." 나는 말했다. 그러나 그녀가 나를 기억하리라고는 생각지도 못했으므로, 솔직히 반갑다기보다 기분이 약간 이상했다. 생각해보면 나와 그녀가 얼굴을 마주했던 시기는 극히 짧았으며, 직접 얘기를 나눈 적도 거의 없었던 것이다. 뜻밖의 곳에 자신의 옛 그림자가 머물러 있다는 것은 생각해보면 어쩐지 이상한 것이었다. 나는 커피를 마시면서 그녀의 부드러운 유방과 머리카락 냄새와 나의 발기한 페니스를 떠올렸다.

"매력적인 사람이었죠." 나는 말했다. "잘 지내시죠?"

"글쎄요, 그럭저럭." 그는 단어를 고르듯이 천천히 말했다.

"어디 몸이 안 좋았습니까?" 내가 물어보았다.

"아뇨, 특별히 몸이 안 좋은 건 아닙니다만, 음, 그다지 잘 지낸다고 할 수 없는 시기가 몇 년 있었습니다."

대체 어디까지 질문해야 좋을지 몰라 나는 어중간하게 고개를 끄덕이기만 했다. 게다가 솔직히 그후 그녀의 운명을 꼭 알고 싶은 것도 아니었다.

"이렇게 말씀드리면 대체 무슨 소린가 하시겠지요." 그는 입가에 미소를 머금으며 말했다. "하지만 도저히 순서대로 말하기 어려운 일이 있어서요. 어쨌든 아내는 아주 건강해졌습니다. 적어도 전보다는 훨씬 건강하죠."

나는 남은 커피를 마저 마시고, 어떻게 할까 잠깐 망설인 끝에 그냥 과감히 물어보기로 했다.

"이런 걸 여쭙는 게 실례일지 모르겠습니다만, 부인에게 무슨 일이 있었습니까? 말씀을 들어도 쉽게 이해가 되지 않아서요."

그는 바지 주머니에서 말보로 레드 담뱃갑을 꺼내 불을 붙였다. 골초인 듯 오른손 검지와 중지 손톱이 누렇게 변색되어 있었다. 그는 한동안 그런 자신의 손가락 끝을 바라보았다. "괜찮습니다." 그는 말했다. "별로 세상 사람들한테 감출 일도 아니고, 그다지 볼썽사나운 일도 아니니까요. 단순한 사고 같은 것입니다. 하지만 장소를 바꿔서 이야기하죠. 그게 좋겠습니다."

우리는 커피숍을 나와 해질녘의 거리를 잠시 걷다가, 지하철역 근처에 있는 조그만 바로 들어갔다. 단골 가게인 듯 그는 카운터 끝에 앉자 익숙하게 커다란 유리잔에 넣은 스카치위스키 더블 온더록스와 페리에 한 병을 주문했다. 나는 맥주를 주문했다. 그는 온더록스 위에 페리에를 아주 조금 붓더니 가볍게 저어 단숨에 절반을 마셨다. 나는 맥주에 입을 약간 적시기만 했을 뿐, 그다음은 유리잔 속 거품의 행방을 바라보면서 상대의 이야기를 기다렸다. 그는 위스키가 식도를 타고 내려가 제대로 위에 들어가 앉는 걸 느끼고 나서 이야기를 시작했다.

"결혼한 지 십 년쯤 됩니다. 처음 만난 것은 스키장에서였죠.

저는 지금 다니는 회사에 입사한 지 이 년째였고, 그녀는 대학을 나와 별로 하는 일 없이 빈둥거리며, 가끔 아르바이트로 아카사카의 레스토랑에서 피아노를 치고 있었습니다. 그리고 어쨌든 우리는 결혼했죠. 결혼에는 아무런 문제도 없었습니다. 그녀의 집에서도 우리집에서도 결혼을 찬성했습니다. 그녀는 무척 아름다워서 저는 그녀에게 푹 빠져 있었지요. 요컨대 어디에나 있는 평범한 이야기입니다."

그는 담배에 불을 붙이고, 나는 맥주로 또 입술을 적셨다.

"평범한 결혼이었습니다. 하지만 저는 그걸로 충분히 만족했습니다. 결혼 전 그녀에게 애인이 몇 명 있었다는 것은 알았지만, 그건 제게 별로 대단한 일이 아니었습니다. 저는 매우 현실적인 편이어서, 가령 과거에 불편한 일이 있었다 해도, 그것이 현실에 해를 미치지 않는 한 신경쓰지 않습니다. 그리고 인생이라는 것은 본질적으로 평범한 거라고 생각합니다. 일도 결혼생활도 가정도, 만약 거기에 어떤 재미가 있다면, 그건 평범함에서 오는 재미죠. 저는 그렇게 생각합니다. 그러나 그녀는 생각이 달랐습니다. 그래서 여러 가지 일이 조금씩 엇갈리기 시작했습니다. 물론 저는 그녀의 마음을 이해했습니다. 그녀는 아직 젊고 아름답고 에너지가 넘쳤습니다. 간단히 말하자면 그녀는 습관적으로 여러 가지를 타인에게 요구하고, 그걸 받는 데 익숙해 있었습니다. 그러나 내가 그녀에게 줄 수 있는 것은 종류도 양도 매우 한정되어 있었죠."

그는 온더록스를 한 잔 더 주문했다. 내 쪽은 아직 맥주가 반 정도 남아 있었다.

"결혼하고 삼 년 후 아이가 태어났습니다. 여자아이죠. 제 딸에게 이런 말 하는 건 뭣하지만, 아주 귀여운 아이였습니다. 살아 있었다면 벌써 초등학생이 되었겠군요."

"죽었나요?" 내가 끼어들었다.

"그렇습니다." 그가 말했다. "태어난 지 오 개월 만에 죽었습니다. 흔히 있는 사고였어요. 아이가 자면서 몸을 뒤집을 때 이불이 얼굴에 감겨서, 숨이 막혀 죽었습니다. 누구의 탓도 아니었어요. 단순한 사고죠. 운이 좋았더라면 막을 수 있었을지도 모릅니다. 그러나 결국은 운이 나빴습니다. 누구를 탓할 수도 없습니다. 몇몇 사람들은 아내가 아기를 혼자 내버려두고 장을 보러 간 탓이라고 몰아붙였고, 아내 자신도 그 일로 자신을 탓했습니다. 그러나 그건 운입니다. 저나 당신이 똑같은 상황에서 아이를 돌보았다 해도, 사고는 같은 확률로 일어날 거라고 생각합니다. 그렇지 않습니까?"

"아마 그렇겠죠." 나는 인정했다.

"저는 아까도 말했듯이 아주 현실적인 인간입니다. 그리고 죽음에 대해서도 어릴 적부터 익숙했습니다. 우리집은 어찌된 일인지 사고사가 많은 집안이어서 항상 어떤 식으로든 그런 일이 있었습니다. 아이가 부모보다 먼저 세상을 떠난다는 게 특별히 진기한 일은 아니었습니다. 그야 부모에게 아이를 잃는 것만큼 안타까운 일은 없습니다. 이것만은 경험해보지 않은 사람은 모를 겁니다. 그러나 그래도 가장 중요한 것은 뒤에 남은 산 사람이라고 저는 생각합니다. 저는 여태껏 그렇게 생각하며 살아왔습니다. 문제는 제 기분이 아니라 아내의 기분이었죠. 아내는 그런 감정적인 훈련을 한 번도 받은 적이 없었습니다. 아내에 대해서는 잘 아시죠?"

"네." 나는 간단히 대답했다.

"죽음이라는 것은 극히 특수한 사건입니다. 저는 때때로 인생이란 상당히 많은 부분이 다른 누군가의 죽음이 가져다주는 에너지에 의해, 아니면 상실감이라고 해도 좋겠습니다만, 그런 것에 의해 규정되는 것이 아닐까 생각할 때가 있습니다. 그러나 그녀는 그런 것에 너무나 무방비 상태였습니다. 요컨대," 하고 말하며 그는 카운터 위에서 양손을 모았다. "그녀는 오직 자기 자신만을 진지하게 생각하는 데 너무 익숙해져 있었죠. 그 덕분에 타인의 부재가 초래하는 아픔이라는 것을 상상조차 할 수 없었던 겁니다."

108

그는 웃으며 내 얼굴을 보았다.

"결국, 아내는 응석받이였던 거죠."

나는 고개만 끄덕였다.

"그러나 저는…… 적당한 표현이 생각나지 않는군요. 어쨌든
저는 그녀를 사랑했습니다. 설령 그녀가 그녀 자신과 저와 주변
의 모든 사람을 상처 입힌다 해도, 저는 그녀를 버릴 마음이 없
었습니다. 부부란 그런 겁니다. 그후 일 년쯤 끝도 없는 싸움이
계속되었습니다. 막막한 일 년이었죠. 감정도 소모되었고, 장래
에 대한 희망은 하나도 없었습니다. 그러나 결국, 우리는 그 일
년을 극복했습니다. 우리는 아기의 존재와 연결되는 모든 것을
태워버리고, 새집으로 이사했습니다."

그는 두 잔째 온더록스를 마시더니 기분좋게 심호흡을 했다.

"아마 지금 아내를 만나셔도 잘 알아보지 못할 겁니다." 그는
맞은편 벽을 뚫어지게 바라보면서 말했다.

나는 묵묵히 맥주를 마시고, 땅콩을 집어먹었다.

"그러나 저는 개인적으로는 지금의 아내가 더 좋습니다." 그
는 말했다.

"이제 아이는 낳지 않을 겁니까?" 나는 한참 뒤에 물어보았다.

그는 고개를 저었다. "아마 힘들겠죠." 그가 말했다. "제 쪽은
괜찮지만, 아내는 그런 상태가 아닙니다. 없으면 없는 대로 전

별로 상관없습니다만."

바텐더가 위스키를 한 잔 더 권했지만 그는 거절했다.

"언제 아내에게 전화 한번 해주십시오. 그녀에게는 아마 그런 자극이 필요할 것 같습니다. 어쨌거나 아직 인생은 기니까요. 그렇게 생각하지 않습니까?"

그는 명함 뒤에 볼펜으로 전화번호를 적어서 내게 건네주었다. 지역번호를 보니 놀랍게도 그들은 나와 같은 지역에 살고 있었다. 그러나 나는 그런 이야기는 하지 않았다.

그가 계산을 하고, 우리는 지하철역에서 헤어졌다. 그는 남은 일을 정리하기 위해 회사로 돌아가고, 나는 전철을 타고 집으로 돌아왔다.

나는 아직 그녀에게 전화를 걸지 않았다. 그녀의 숨결과 살의 온기와 부드러운 유방의 감촉이 아직 내 가슴속에 남아 있어서, 나는 아직 십사 년 전의 그 밤처럼 어찌할 바 모르고 혼란스러운 것이다.

구토 1979

그는 오랜 기간에 걸쳐 하루도 거르지 않고 일기를 쓸 수 있는 희귀한 능력을 지닌 몇 안 되는 사람 중 하나였기 때문에, 자신의 토기가 언제 시작되어 언제 끝났는가 하는 정확한 날짜를 인용할 수 있었다. 그의 토기는 1979년 6월 4일(맑음)에 시작되어 같은 해 7월 14일(흐림)에 끝났다. 그는 신인 일러스트레이터로, 딱 한 번 나와 같이 어느 잡지 일을 한 적이 있었다.

　나와 마찬가지로 그는 오래된 레코드 수집가이고, 또한 친구의 애인이나 부인과 자는 것을 좋아했다. 나이는 나보다 두서너 살 아래였다. 그는 실제로 그때까지 살아오면서 몇몇 친구의 애인이나 부인과 잔 경험이 있었다. 친구 집에 놀러갔다가 그 친구가 근처 가게에 술을 사러 가거나 샤워하는 틈을 이용해 그의 아내와 섹스를 한 적도 있었다. 그는 그런 이야기를 잘도 내게 들려주었다.

"서둘러 섹스를 하는 것, 별로 나쁘지 않아요." 그는 말했다. "옷을 거의 입은 채로 되도록 빨리 끝내거든요. 요즘 일반적인 섹스는 점점 길어지는 경향이 있잖아요? 그래서 가끔은 그 반대로 하는 겁니다. 관점을 하나 바꾸는 것만으로 훨씬 즐거워진다니까요."

물론 그런 가벼운 섹스뿐만 아니라, 천천히 시간을 들인 제대로 된 성행위를 즐기기도 했다. 아무튼 그는 친구의 애인이나 부인과 자는 행위 그 자체를 좋아했다.

"딱히 가로채겠다든가 하는 삐딱한 생각은 없어요. 그녀들과 자면 나는 몹시 친밀해진 기분이 들어요. 요컨대 가정적인 기분이죠. 그건 단순한 섹스잖아요. 들키지만 않으면 누구도 상처 입히지 않고요."

"지금까지 들킨 적은 없었나?"

"없죠, 물론." 그는 약간 의외라는 듯이 말했다. "그런 행위는 노출시키고 싶다는 잠재적인 마음만 없다면 좀처럼 노출될 일이 없어요. 의미심장한 말을 하지 않도록 주의만 하면요. 그리고 처음에 기본 방침을 확실히 해두는 것이 중요해요. 즉 이것은 단순히 친근감을 담은 게임 같은 거지, 깊이 개입할 생각은 없고 누군가를 상처 입힐 생각도 없다는 걸요. 물론 빙 둘러서 말을 골라가며 설명합니다만."

그런 일이 그의 말처럼 그렇게 순조로울 거라고는 도저히 믿기지 않았지만, 그가 허풍을 떨며 잘난 척하는 사람으로는 보이지 않았으니, 어쩌면 그의 말대로일지도 모른다.

"결국 그녀들 대부분은 그걸 원하고 있어요. 그녀들의 남편과 애인─즉 내 친구들이지만─의 대부분은 나보다 훨씬 훌륭한 인물들이죠. 나보다 핸섬하고, 나보다 머리가 좋고, 어쩌면 나보다 페니스가 클지도 몰라요. 그러나 그런 것은 그녀들한테 아무래도 상관없는 것들이에요. 그녀들은 상대가 어느 정도 성실하고, 친절하고, 이해심이 많다면 그걸로 오케이죠. 그녀들이 원하는 것은 애인이니 부부니 하는 어떤 의미에서의 정적인 틀을 넘어 확실하게 접근해주는 거예요. 그것이 기본적인 원칙이죠. 물론 표면적인 동기는 다양하지만요."

"예를 들면?"

"예를 들면 남편이 바람피운 것에 대한 보복이라든지, 심심풀이라든지, 자신이 아직 남편 외의 남자에게 호감을 줄 수 있다는 자기만족이라든지. 뭐, 그런 거죠. 난 그런 걸 상대의 얼굴만 봐도 알 수 있어요. 노하우니 하는 건 하나도 없고요. 이것만은 정말 선천적인 재능이에요. 있는 사람에게는 있고, 없는 사람에게는 없는 거죠."

그에게는 특정한 애인이 없다.

앞서도 말했듯이 우리는 레코드 수집가로, 이따금 서로의 레코드를 가져와 맞바꾼다. 우리는 둘 다 50년대에서 60년대 전반에 걸친 재즈 레코드를 수집하고 있는데, 서로 수집하는 대상이 미묘하게 달랐기 때문에 거래가 성립되는 것이다. 나는 웨스트코스트의 백인 밴드를 중심으로 했고, 그는 콜먼 호킨스나 라이어넬 햄프턴 같은 중간파에 가까운 후기 레코드를 수집하고 있다. 그래서 그가 피트 졸리 트리오의 빅터 판을 가지고 있고, 내가 빅 디킨슨의 〈메인스트림 재즈〉를 갖고 있거나 하면, 그 두 개를 쌍방의 합의 아래 기분좋게 교환한다. 둘이서 맥주를 마시면서 하루종일 음반 상태며 연주를 체크하고, 그런 상거래를 몇 가지 성립시키는 것이다.

그가 내게 그 토기에 대한 이야기를 해준 것은 그런 레코드 교환이 끝난 후였다. 우리는 그의 아파트에서 위스키를 마시며 음악 이야기를 하고, 또 술 이야기를 하고, 그러고는 술 취한 이야기로 옮겨갔다.

"옛날에 사십 일 동안 매일 토한 적이 있어요. 매일 하루도 거르지 않고요. 그렇다고 해서 술을 마시고 토한 건 아니에요. 몸

상태가 좋지 않았던 것도 아니었어요. 아무 원인도 없이 구토하는 거예요. 그게 사십 일이나 계속됐어요. 사십 일이라고요. 대단하죠?"

그가 처음으로 토한 것은 6월 4일이었는데, 이 구토에 관해서는 불평할 여지가 별로 없었다. 전날 밤 상당량의 위스키와 맥주를 위 속에 퍼부어댔기 때문이다. 그리고 예의 친구 아내와 잤다. 그게 1979년 6월 3일 밤이다.

그러니까 6월 4일 아침 여덟시에 그가 위 속의 것을 모조리 변기에 토해냈다 해도, 일반적인 상식에 그다지 벗어나는 일은 아니었다. 술을 마시고 토한 것은 대학을 졸업한 후 처음이었지만, 그렇다 해서 그것이 부자연스러운 사건이 되지는 않는다. 그는 레버를 내려 그 불쾌한 구토물을 하수도에 떠내려보내고, 책상 앞에 앉아 일을 시작했다. 몸 상태는 나쁘지 않았다. 오히려 상쾌한 편에 속하는 하루였다. 일도 순조로웠다. 점심때가 되자 배도 고파졌다.

점심으로 햄과 오이를 넣어서 샌드위치를 만들어 먹고, 맥주를 한 캔 마셨다. 그리고 삼십 분 뒤에 두번째 토기가 몰려와 그는 샌드위치를 전부, 또 변기 속에 토했다. 물컹물컹한 햄과 빵이 물위에 둥둥 떴다. 그래도 몸에 불쾌감은 없었다. 속이 안 좋은 게 아니다. 그저 토했을 뿐이다. 목안에 뭔가가 막혀 있는 것 같아서 그걸 확인해볼 생각으로 변기 앞에 몸을 굽혔는데, 마술사가 모자에서 비둘기나 토끼나 만국기를 뽑아내듯이 위 속의 모든 것이 줄줄 나온 것이다. 그것뿐이었다.

"구토라는 건 학생 시절 몇 번인가 폭주를 했을 때 경험해본 적 있어요. 멀미를 했을 때도 그런 적이 있고요. 그러나 그때의 구토는 그런 것과 전혀 다른 것이었어요. 구토 특유의 위가 조여드는 듯한 감각조차 없는 거예요. 위가 아무런 생각도 없이 먹은 것을 위로 밀어올려내는 것뿐이에요. 걸리는 게 아무것도 없는 거죠. 불쾌감도 없고, 역겨운 냄새도 없어요. 그래서 나는 아주 이상한 기분이 들었습니다. 한 번이라면 몰라도 두 번씩이니까요. 하여튼 걱정이 되어서, 한동안 알코올을 입에 대지 않아야겠다고 마음먹었죠."

그러나 세번째 구토가 다음날 아침 착실히 찾아왔다. 그의 위에서는 전날 밤에 먹은 생선 찌꺼기와 아침식사 때 먹은 마멀레이드를 바른 잉글리시 머핀이 거의 통째로 나왔다.

구토를 한 뒤 욕실에서 이를 닦고 있는데 전화벨이 울렸고, 그가 전화를 받자 남자의 목소리가 그의 이름을 말하더니 뚝 끊어버렸다. 단지 그뿐이었다.

"자네와 잔 여자의 애인이나 남편이 장난전화를 한 게 아닐까?" 나는 말해보았다.

"설마요." 그가 말했다. "그 친구들 목소리는 다 알고 있는걸요. 그건 정말 그때까지 한 번도 들은 적이 없는 남자의 목소리였어요. 아주 기분 나쁜 분위기의 목소리였죠. 그리고 그걸 시작으로 전화는 매일 걸려왔어요. 6월 5일부터 7월 14일까지요. 어때요? 내가 구토한 기간과 거의 일치하죠?"

"하지만 장난전화와 구토가 무슨 관련이 있는지 난 도저히 모르겠는걸."

"저도 그걸 모르겠다는 겁니다." 그는 말했다. "그래서 아직까지도 그 일로 혼란스러워요. 어쨌든 전화는 언제나 똑같은 식이었어요. 벨이 울리고, 내 이름을 말하고, 그리고 뚝 끊는 거예요. 전화는 매일 한 번씩 걸려왔어요. 시간은 제멋대로예요. 아침에 걸려올 때도 있고, 저녁에 걸려올 때도 있고, 한밤중일 때도 있었어요. 전화를 안 받으면 됐겠지만 일의 특성상 그럴 수도 없고, 여자들한테 걸려오는 전화도 있는데다……"

"그렇겠지." 나는 말했다.

"그에 병행해서 토기도 하루도 거르지 않고 계속되었어요. 먹은 건 모두 토해냈을 겁니다. 토하고 나면 몹시 배가 고파서 밥을 먹고, 그걸 또 토해내는 거예요. 악순환이죠. 그래도 평균 세 끼에 한 끼 정도는 토하지 않고 잘 소화할 수 있어서, 그걸로 겨우 명맥을 유지했던 것 같아요. 만약 세 끼 먹고 세 끼 다 토했다면, 그야말로 영양주사라도 맞아야 할 뻔했겠죠."

"의사에게는 가봤나?"

"의사요? 물론 가까운 병원에 가봤죠. 비교적 제대로 된 종합병원이었어요. 엑스레이도 찍고, 소변검사도 받아봤어요. 암일 가능성도 있어서 일단 검사를 받아보았죠. 그러나 아무데도 나쁜 곳은 없었습니다. 건강 그 자체였죠. 의사는 위의 만성피로이거나 아니면 정신적인 스트레스일 거라며 위장약을 주더군요. 일찍 일어나고 일찍 자고 가급적 술을 삼가고, 사소한 일로 신경 쓰지 말라는 게 의사의 말이었습니다. 그렇지만 참 바보 같은 소리죠. 위의 만성피로라면 더 잘 알아요. 위가 만성피로 상태인데 그걸 못 알아채는 인간이 있다면, 그 녀석이 바보죠. 만성피로라는 것은 위가 무거워지거나, 가슴앓이가 생기거나, 식욕이 없어지는 겁니다. 만약 구토가 있다 해도 그건 그런 증상들 뒤에 오는 것이죠. 구토만 따로 슬쩍 찾아오지는 않습니다. 난 구토만 할 뿐이고 그 외의 증세는 아무것도 없었어요. 시종 배가 고프다는 것만 빼면 기분은 지극히 양호했고, 머리도 맑았죠.

그리고 스트레스 얘긴데, 나는 전혀 그런 게 없습니다. 그야 물론 일이 빡빡하기는 했죠. 하지만 그렇다고 해서 녹초가 될 정도는 아니었고, 여자 문제도 순조로웠어요. 삼일에 한 번은 풀에 가서 실컷 수영을 했고…… 어때요, 별문제 없는 것 같죠?"

"그렇군." 내가 말했다.

"그저 토하기만 했을 뿐이에요." 그가 말했다.

그는 이 주 연속으로 토했으며 전화벨도 계속 울렸다. 십오 일째 그는 양쪽 다 진절머리가 나서 일을 팽개치고, 구토는 그렇다 치더라도 전화만은 피하고 싶어서 호텔에 방을 잡고 그곳에서 하루종일 텔레비전을 보거나 책을 읽으며 보내기로 했다. 처음 한동안은 몹시 순조로운 듯했다. 그는 점심식사로 로스트비프 샌드위치와 아스파라거스 샐러드를 맛있게 먹어치웠다. 환경이 바뀐 것이 좋게 작용했는지, 음식물은 위 속에 들어가서 말끔하게 소화되었다. 세시 반에는 호텔 커피숍에서 친구 커플과 만나 체리 파이를 블랙커피와 함께 위 속으로 넣어보냈는데, 이것도 성공이었다. 그리고 그는 그 친구의 애인과 잤다. 섹스도 무엇 하나 문제가 없었다. 그녀를 보낸 뒤 그는 혼자 저녁식사를 했다. 호텔 근처의 식당에서 두부와 삼치구이와 식초에 절인 어묵 반찬과 된장국으로 밥을 잔뜩 먹었다. 여전히 알코올은 한 방울도 입에 대지 않았다. 그것이 여섯시 반이었다.

그리고 그는 방으로 돌아와 텔레비전 뉴스를 보고, 뉴스가 끝나자 에드 맥베인의 『87분서』 신작을 읽기 시작했다. 아홉시가 되어도 구토는 찾아오지 않아서, 겨우 한숨 돌릴 수 있었다. 이 주 만의 포만감을 그는 여유롭게 만끽했다. 아마 이대로 모든 것이 좋은 방향으로 흘러가고, 모든 상황이 원래대로 돌아가지 않을까, 하고 그는 기대했다. 그는 책을 덮고 텔레비전 스위치를 켠 뒤, 한동안 리모컨으로 이리저리 채널을 돌리다 오래된 서부극을 보기로 했다. 영화는 열한시에 끝났고, 그후에 마감 뉴스가 나왔다. 뉴스가 끝나자 그는 스위치를 껐다. 위스키가 몹시 마시고 싶어져 위층에 있는 바에 가서 한잔 걸칠까 생각했지만, 역시 생각을 고치고 포기했다. 모처럼의 깨끗한 하루를 알코올로 더럽히고 싶지 않았기 때문이다. 그는 침대의 독서등을 끄고 이불속으로 들어갔다.

전화벨이 울린 것은 한밤중이었다. 눈을 떠서 시계를 보니 두시 십오분이었다. 처음 한동안은 잠이 덜 깬 상태라, 어째서 지금 전화벨이 울리는지 도저히 이해할 수 없었다. 그래도 그는 머리를 흔들며 거의 무의식중에 수화기를 들어 귀에 갖다 댔다.

"여보세요." 그가 말했다.

귀에 익은 목소리가 언제나처럼 그의 이름을 말한 후 다음 순간 전화를 끊었다. 그리고 뚜뚜 하는 발신음만 귀에 남았다.

"그러나 자네는 그 호텔에 머무는 걸 아무한테도 말하지 않았겠지?" 나는 물었다.

"네, 물론이에요. 아무한테도 말하지 않았죠. 다만 그날 같이 잤던 여자만은 예외지만요."

"그녀가 누군가에게 발설하지는 않았을까?"

"대체 무엇 때문에 그러겠어요?"

듣고 보니 그랬다.

"그러고 나서 나는 욕실로 들어가 그날 먹은 것을 몽땅 토했습니다. 생선이니 쌀이니 그런 것들 전부요. 마치 전화가 문을 열어주고 길을 닦은 뒤, 거기로 구토가 들어온 식이었어요.

다 토하고 나서 나는 욕조에 걸터앉아 머릿속으로 지금 일어난 일들을 순서대로 정리해보았습니다. 제일 첫번째로 생각할 수 있는 것은 그 전화가 누군가 교묘히 짜낸 장난전화라는 것입니다. 내가 그 호텔에 머문다는 것을 놈이 어떻게 알았는지는 모르겠지만, 그 문제는 뒤로하고, 어쨌든 그런 인위적인 행위일 거란 겁니다. 두번째는 환청일 가능성입니다. 내가 환청을 경험하다니 생각만 해도 끔찍하지만, 냉정히 분석해보면 그런 가능성을 배제할 수는 없었죠. 즉, '벨이 울리는' 느낌이 들어서 수화기를 들었고, '내 이름이 불린 것 같은' 느낌이 들었다는 거죠. 사실은 아무것도 없는데 말입니다. 원칙적으로는 있을 수 있겠죠?"

"그건 그렇지." 나는 말했다.

"그래서 프런트에 전화를 해서 지금 이 방에 전화가 걸려왔는지 체크를 해달라고 부탁했지만, 그건 무리였습니다. 호텔 교환 시스템은 이쪽에서 외부로 전화를 건 것은 전부 체크되지만, 반대 경우는 전혀 기록이 남지 않는다더군요. 그런 이유로 단서는 제로였습니다.

호텔에 머문 그 밤을 경계로 나는 여러 가지 일을 비교적 진지하게 생각하게 되었습니다. 구토와 전화 말이죠. 먼저 그 두 가지 사건이 어딘가에서, 전면적으로든 부분적으로든 연결되어 있으리라는 것, 그리고 둘 다 내가 처음 생각했던 것만큼 가벼운 게 아니라는 사실이 점점 확실해졌기 때문입니다.

호텔에서 이틀 밤을 보내고 집으로 돌아온 후에도 구토와 전화는 여전히 같은 상태로 이어졌습니다. 시험 삼아 몇 번인가 친구 집에 가서 자기도 했지만, 그래도 전화는 어김없이 그곳으로 걸려왔습니다. 그것도 항상 친구가 어디 가고 나 혼자 있을 때만 오는 거예요. 그래서 나는 점점 이상한 기분이 들었어요. 마치 눈에 보이지 않는 뭔가가 내 뒤에 계속 서서 내 일거수일투족을 지켜보다가 적당한 틈을 타 전화를 걸거나, 위 속으로 손가락을 집어넣는 게 아닐까 하는 생각이 들기 시작했어요. 이건 명백히 분열증의 최초 징후예요. 그렇죠?"

"그러나 자기가 분열증 환자가 아닐까 걱정하는 분열증 환자는 잘 없지 않아?" 내가 물었다.

"그래요, 말씀하신 대로입니다. 그리고 분열증과 구토가 연동한다는 예도 없어요. 그건 대학병원 정신과에서 들은 이야기예

124

요. 정신과 의사는 내 이야기를 거의 상대해주지 않았습니다. 그들은 좀더 확실한 증상이 나타나는 환자밖에 상대하지 않아요. 나 정도의 증상을 가진 사람은 만원 전철 한 칸에 두 명 반에서 세 명 정도는 있다면서, 병원은 그걸 일일이 상대할 여유가 없다고 하더군요. 구토는 내과에 가보고 장난전화는 경찰에 신고하라고요.

그러나 아실지 모르겠습니다만, 경찰이 상대하지 않는 범죄가 세상에 두 가지 있습니다. 하나는 장난전화고, 하나는 자전거 도둑이에요. 둘 다 건수가 너무 많은데다 범죄치고는 하찮기 때문이죠. 그런 일에 일일이 관여하다가는 경찰의 기능이 마비되어버리겠지요. 그래서 내 이야기 같은 건 제대로 들어주지도 않아요. 장난전화? 그래, 상대가 뭐라고 했죠? 당신 이름만? 그거 말고는 아무 말도 안 하고? 그럼 이 신고서에 이름을 써주세요. 그리고 뭔가 그 이상 알아내면 연락해주세요. 대체로 그런 식입니다. 어째서 상대가 내 행선지를 일일이 알고 있는지, 그런 걸 이야기해도 제대로 들어주지 않고, 너무 끈질기게 말하면 머리가 이상한 게 아닐까 하는 의심을 받게 되는 판국이죠.

그런 이유로 결국 의사도 경찰도 그 누구도 의지가 되지 않는다는 걸 알았습니다. 요컨대 나 혼자의 힘으로 정리할 수밖에 없는 겁니다. 그렇게 생각한 것이 그 '구토 전화'가 시작된 지 이십 일쯤 됐을 때였죠. 나는 육체적으로도 정신적으로도 상당히 터프한 편이라고 생각했는데, 이 무렵부터는 정말 허물어지기 시작하더군요."

"그러나 그 친구의 애인과는 순조로웠겠지?"

"네, 그럭저럭. 마침 그 친구가 이 주간 필리핀으로 출장을 가서, 그동안 우리는 실컷 즐길 수 있었어요."

"그녀와 즐길 때 전화가 걸려온 적은 없었나?"

"그건 없습니다. 일기장을 찾아보면 알 수 있거든요. 그런 일은 없었을 겁니다. 전화는 언제나 내가 혼자 있을 때 걸려왔습니다. 구토도 언제나 혼자 있을 때 찾아왔고요. 그래서 처음으로 이런 생각이 들더군요. 어째서 나는 혼자 있는 시간이 이렇게 많을까 하고요. 독신생활에다 업무상 교제는 거의 없고, 업무 이야기는 대체로 전화로 해결하고, 애인은 남의 애인이고, 식사는 90퍼센트가 외식이고, 운동을 한다고 해도 혼자 수영이나 할 뿐이고, 취미라고 해야 이렇게 혼자 골동품 같은 레코드를 듣는 정도이고, 일 역시 혼자 몰두해야만 할 수 있는 종류의 것이고, 친구는 있지만 모두 이 나이가 되면 바빠서 그렇게 자주 만날 수도 없고……그런 생활 이해하시겠어요?"

"음, 물론." 나는 동의했다.

그는 얼음 위에 위스키를 붓고 손가락 끝으로 얼음을 빙빙 돌려 섞은 뒤 한 모금 마셨다. "그래서 진지하게 생각해본 겁니다. 나는 앞으로 어떻게 해야 좋을까. 이대로 혼자 장난전화와 구토에 시달려야 되는 걸까 하고요."

"애인을 제대로 만들지 그랬어. 자기 애인을."

"물론 그런 생각도 했습니다. 나도 그때 스물일곱이었고, 이쯤에서 정식으로 애인을 만들어도 괜찮지 않을까 싶었죠. 그러나 역시 무리였어요. 나는 그런 타입의 인간이 아닌 겁니다. 나는 뭐랄까, 그런 식으로 지는 걸 참지 못합니다. 구토와 장난전화라는 영문도 알 수 없는 부조리한 것들에 항복해서, 그 때문에 내 삶의 방식을 바꾼다는 것을요. 그래서 난 어쨌든 체력과 정신력의 마지막 한 방울을 쥐어짜낼 때까지 싸워보기로 결심했습니다."

"흐음." 내가 말했다.

"무라카미 씨라면 어떻게 했겠습니까?"

"글쎄, 짐작도 안 가는데." 나는 대답했다. 정말 짐작도 가지 않았다.

"토기와 전화는 그후로도 계속 이어졌습니다. 체중도 많이 줄었어요. 잠깐만요―음, 그러니까―6월 4일의 체중은 64킬로그램이었습니다. 6월 21일이 61킬로그램, 7월 10일은 58킬로그램. 58이라니까요. 내 키로 보자면 거짓말 같은 숫자죠. 덕분에 옷은 전부 사이즈가 안 맞게 되어버렸죠. 바지를 붙잡고 걸어다녀야

할 지경이었으니까요."

 "한 가지 질문이 있는데, 어째서 자동응답기를 단다든가 하는 노력을 하지 않았지?"

 "물론 도망치고 싶지 않아서죠. 그러면 내가 졌다는 걸 상대에게 인정하는 꼴이니까요. 인내심 경쟁이에요. 상대가 질리든지, 내가 나자빠지든지. 토기만 해도 그렇습니다. 나는 이걸 이상적인 다이어트라고 생각하기로 했어요. 다행히 체력이 극단적으로 떨어지진 않았고 일상생활도, 일도 일단 평소대로 해낼 수 있었으니까요. 그래서 나는 또 술을 마시기 시작했습니다. 아침부터 맥주를 마시고, 해가 저물면 위스키를 실컷 마셨습니다. 마시나 안 마시나 토하니까, 그러면 둘 다 마찬가지잖아요. 이상하게 마시는 것도 아니고요.

 그리고 은행에서 저금을 찾아 바뀐 체형에 맞춘 슈트 한 벌과, 바지를 두 벌 더 샀습니다. 양복점 거울에 비춰보니 마른 것도 그리 나쁘지 않더군요. 생각해보면 토하는 건 그리 대단한 일도 아니에요. 치질이나 충치에 비하면 고통도 덜하고, 설사에 비하면 우아하죠. 물론 이건 비교의 문제지만요. 영양 문제가 해결되고, 암 가능성이 없다면, 구토는 본질적으로는 무해합니다. 미국에서는 살을 빼기 위한 인공 구토제를 팔 정도잖아요."

 "그래서—" 나는 물었다. "결국 그 구토와 전화는 7월 14일까지 계속된 거군?"

"정확히 말하면—잠깐만요—정확히 말하면, 마지막 구토는 7월 14일 아침 아홉시 반으로, 토스트와 토마토 샐러드와 우유를 토했습니다. 그리고 마지막 전화가 온 것이 그날 밤 열시 이십오분으로, 그때 나는 에롤 가너의 〈콘서트 바이 더 시〉를 들으면서 선물받은 시그램 VO를 마시고 있었습니다—어때요, 일기를 쓰니까 이만저만 편리한 게 아니죠?"

"정말 그렇군." 나는 맞장구를 쳤다. "그래서 그후 둘 다 뚝 끊겼단 말이지?"

"뚝 끊겼어요. 히치콕의 〈새〉처럼 아침이 되어 문을 열어보니 모든 것이 이미 사라진 겁니다. 토기도 장난전화도 두 번 다시 찾아오지 않았습니다. 그리고 나는 다시 체중이 63킬로그램까지 돌아왔고, 새로 맞춘 양복과 바지는 그대로 옷장에 걸려 있게 됐습니다. 일종의 기념품처럼요."

"전화 상대는 마지막까지 똑같은 말만 했나?"

그는 고개를 가볍게 좌우로 저었다. 그리고 약간 멍한 시선으로 나를 보았다. "아닙니다." 그가 말했다. "마지막 전화만은 평소와 달랐습니다. 먼저 상대가 내 이름을 말했습니다. 이것은 평소와 똑같았죠. 그러나 그후 놈은 이렇게 말했습니다. '내가 누군지 알겠습니까?'라고요. 그리고 잠시 가만있었습니다. 나도 가만있었습니다. 십 초나 십오 초쯤 됐을 테지만, 둘 다 한 마디도 하지 않았습니다. 그리고 전화가 끊겼습니다. 뚜뚜 하는 예의 발신음만 남았죠."

"정말 그대로 말했나? '내가 누군지 알겠습니까?'라고?"

"한 자도 틀리지 않고 그렇게 말했습니다. 천천히 정중한 어조로요. '내가 누군지 알겠습니까?' 그러나 그 목소리는 전혀 기억에 없었습니다. 적어도 최근 오륙 년 사이 만난 사람들 중에는 그 목소리와 닮은 인물이 없습니다. 아주 옛날 친구라든가 별로 이야기를 나눈 적 없는 상대까지는 모르겠지만, 그런 상대에게 원한을 산 일도 없을뿐더러, 누군가에게 심한 짓을 한 기억도 없고, 동업자의 시샘을 살 만큼 잘나가는 것도 아니고요. 뭐, 여자 관계는 이야기한 것처럼 얼마간 켕기는 점이 있습니다. 그건 인정합니다. 이십칠 년이나 살아왔으니 아기처럼 결백할 수는 없겠지요. 그러나 아까 말했듯이, 그런 상대의 목소리는 확실히 기억하고 있습니다. 들으면 금방 알 수 있어요."

"하지만, 정상적인 사람은 친구 애인이나 부인과 자지 않거든."

"그러면," 그는 말했다. "무라카미 씨는 그것이 내 속의 어떤 죄책감이—스스로도 느끼지 못하는 죄책감이—구토와 환청이라는 형태로 나타난 게 아닐까 말씀하시는 건가요?"

"나는 말하지 않았어. 자네가 말했지." 내가 정정해주었다.

"흐음." 그는 위스키를 한 모금 머금고 천장을 올려다보았다.

"그리고 이런 생각도 할 수 있어. 자네가 같이 잔 여자의 남자 중 하나가 사립탐정을 써서 자네를 미행하고, 자네를 골탕 먹이기 위해, 혹은 자네에게 경고를 주기 위해 전화를 걸게 했다, 구토는 단순한 몸의 변화이고, 우연히 그 두 가지가 시기적으로 일치했다."

"둘 다 그럴듯하네요." 그는 감탄한 듯이 말했다. "과연 소설가답습니다. 그렇지만 두번째 가설에 대한 건데요, 난 그래도 그녀와 자는 것을 그만두지 않았어요. 그런데 어째서 갑자기 전화가 끊긴 걸까요? 앞뒤가 안 맞아요."

"아마 정나미가 떨어졌겠지. 아니면 탐정을 계속 고용할 돈이 떨어졌을지 모르고. 어쨌거나 이건 가설이니까. 가설이야 백 가지, 아니, 이백 가지라도 끌어낼 수 있어. 문제는 자네가 어떤 가설을 취하는가 하는 거야. 그리고 거기서 뭘 배우는가 하는 거지."

"배운다?" 그는 의외라는 듯이 되물었다. 그리고 잠깐 이마에 유리잔 바닥을 갖다 대고 있었다. "배우다니 어떤 걸요?"

"또다시 그게 찾아온다면 어떻게 할 건가 하는 거지, 물론. 다음에는 사십 일로 끝나지 않을지도 몰라. 이유 없이 시작한 것은 이유 없이 끝나. 그 반대도 마찬가지고."

"끔찍한 말을 하시네요." 그는 키득키득 웃으면서 말했다. 그리고 다시 진지한 얼굴로 돌아왔다. "하지만 묘해요. 당신 말을 들을 때까지 그런 생각은 해본 적 없었어요. 그…… 또다시 그게 찾아올지 모른다는 거요. 저기, 정말 올 거라고 생각하세요?"

"그런 걸 내가 어떻게 알겠나." 내가 말했다.

그는 유리잔을 이따금 빙글빙글 돌리면서 위스키를 홀짝거렸다. 그리고 바닥난 유리잔을 테이블에 내려놓고, 휴지로 몇 번인가 코를 풀었다.

"어쩌면," 그는 말했다. "어쩌면, 이번에는 그게 전혀 다른 사람에게 일어날지도 몰라요. 이를테면 무라카미 씨라든가. 무라카미 씨도 완전히 결백하지는 않죠?"

그후에도 나는 그와 몇 번 만나, 전위적이라고는 하기 어려운 종류의 레코드를 교환하거나 술을 마신다. 일 년에 두세 번 정도. 나는 일기를 쓰는 타입이 아니어서 정확한 횟수까지는 기억하기 어렵다. 고맙게도 현재까지는 그에게나 나에게나 구토도 전화도 찾아오지 않았다.

비를 피하다

최근 어떤 소설을 읽다가 돈을 내고 여자와 성교하지 않는 것은 정상적인 남자의 조건 중 하나라는 문장을 만났다. 이런 것을 읽으면 저절로 고개가 끄덕여진다.

고개를 끄덕인다는 것은 꼭 내가 그 말을 옳다고 생각하기 때문은 아니다. 그런 생각도 있구나 하고 납득할 뿐이다. 적어도 그런 신념을 갖고 살아가는 남자도 존재하는 상황을 나름대로 완전히 납득할 수 있다.

개인적인 이야기를 하자면, 나도 돈을 내고 여자와 성교하지는 않는다. 한 적도 없고 앞으로 해볼 생각도 없다. 그러나 이것은 신념의 문제가 아니라, 말하자면 취향의 문제다. 그러므로 돈을 내고 여자와 자는 사람을 비정상이라고 단언할 수는 없을 것 같다. 어쩌다보니 그런 상황에 놓이게 된 것뿐이다.

그리고 이렇게 말할 수도 있다.

우리는 많든 적든 모두 돈을 내고 여자를 사고 있다, 라고.

물론 훨씬 젊었을 때는 그런 식으로 생각한 적이 없었다. 나는 아주 단순하게 섹스라는 것은 공짜라고 생각했다. 일종의 호의와 호의(좀더 다른 표현도 있겠지만)가 만나면, 거기서 극히 자연스레 자연발화하듯 섹스가 생겨난다는 생각이다. 젊었을 때는 아닌 게 아니라 그런 사고만으로도 통했고, 무엇보다 돈 자체가 없었다. 나한테도 없고, 상대에게도 없다. 낯선 여자의 방에서 자고, 아침이 되어 인스턴트커피를 마시면서 차가운 빵을 나눠먹는 생활만으로도 즐거웠다.

그러나 나이를 먹고 나름대로 성숙해짐에 따라, 우리는 인생 전반에 대해서 좀 다른 견해를 갖게 된다. 즉 우리의 존재 혹은 실재는 다양한 종류의 측면을 긁어모아 성립하는 게 아니라, 어디까지나 분리 불가능한 총체라는 견해다. 즉 우리가 일해서 돈을 벌고, 좋아하는 책을 읽고, 선거에 투표를 하고, 프로야구 야간경기를 보러 가고, 여자와 자는 각각의 작업은 하나하나가 독립되어 기능하는 것이 아니라, 결국은 같은 것이 다른 명칭으로 불리는 데 지나지 않는다. 그래서 성생활의 경제적 측면이 경제생활의 성적 측면이라는 견해도 충분히 있을 수 있다.

적어도 지금 나는 그렇게 생각한다.

그래서 내가 읽고 있던 그 소설에 나온 주인공처럼 간단하게 '돈을 내고 여자와 자는 것은 정상적인 인간이 할 일이 아니다'라고 단언하기는 좀 어려울 것 같다. 그것은 하나의 선택으로 존재할 수 있다, 라고밖에 말할 수 없다. 왜냐하면 앞에서도 얘기했듯, 우리는 실로 여러 가지를 일상적으로 사고 팔고 교환하고 있기 때문에, 마지막에는 무엇을 팔아 무엇을 샀는지 전혀 알 수 없을 때가 종종 있기 때문이다.

잘 설명할 수 없지만, 결국은 그런 게 아닐까 생각한다.

그때 함께 술을 마셨던 여자는 몇 년 전에 돈을 받고 낯선 남자 여러 명과 잔 적이 있다고 했다.

내가 술을 마시던 곳은 오모테산도에서 시부야 쪽으로 들어간 곳에 새로 생긴 레스토랑 바 같은 가게였다. 캐나디안 위스키가 세 종류 있고, 가벼운 프랑스 요리도 있고, 대리석 카운터 위에는 야채가 통째로 쌓여 있고, 스피커에서 도리스 디의 〈이츠 매직〉이 흐르고 있고, 디자이너니 일러스트레이터니 하는 인간들이 모여 감각혁명 이야기를 하는 그런 분위기의 레스토랑이다. 그런 곳은 어느 시대나 꼭 있다. 백 년 전에도 있었고, 백 년 후에도 있을 것이다.

내가 그 가게에 들어간 것은 단순히 근처를 지나다가 갑자기 비가 내리기 시작했기 때문이었다. 시부야에서 업무 회의를 해치우고 느긋하게 산책하며 '파이드 파이퍼'로 레코드를 보러 가던 도중에 비를 만났다. 아직 초저녁 이른 시간이어서 가게에는 거의 인기척이 없었고, 길 쪽으로 난 벽이 통유리로 되어 있어 비 오는 상태를 지켜보기 좋을 것 같아, 맥주나 마시며 비가 그치길 기다릴 셈이었다. 가방 안에는 방금 산 몇 권의 책이 들어 있어서 시간을 보내는 데 고생할 걱정은 없었다.

메뉴판이 나와서 맥주 항목을 보니 수입 맥주로만 이십여 종이 넘는 브랜드명이 적혀 있었다. 나는 적당한 맥주를 고르고 안주로는 잠깐 망설이다가 피스타치오를 주문했다.

계절은 여름의 끝이고, 거리에는 여름의 끝에 어울리는 공기가 떠돌았다. 여자들은 보기 좋게 볕에 그을려서는 "그런 건 다 알거든"이라고 하는 듯한 표정을 띠고 있었다. 굵은 빗방울이 아스팔트를 눈 깜짝할 사이에 검게 물들이면서 거리의 열기를 식혔다.

그 소란스런 일행이 우산을 탁탁 털면서 가게로 뛰어들어온 것은, 내가 솔 벨로의 신작 소설을 읽고 있을 때였다. 솔 벨로의 소설은 대부분의 솔 벨로 소설이 그러하듯 비가 그치길 기다리는 동안 읽을 만한 건 아니어서, 나는 책을 덮고 피스타치오 껍데기를 벗기며 그 일행을 관찰했다.

일행은 전부 일곱 명으로, 남자 네 명에 여자 세 명이었다. 나이는 언뜻 보기에 스물하나에서 스물아홉, 모두 유행의 최첨단까지는 아니더라도 제법 시류에 맞춘 옷차림들이다. 머리카락을 바짝 세우거나, 후줄근한 알로하셔츠를 입었거나, 허벅지가 부푼 바지를 입었거나, 검은 테의 동그란 안경을 꼈거나, 대충 그런 유 말이다.

그들은 가게에 들어오자 중앙에 놓인 계란형의 큰 테이블에 둘러앉았다. 이 가게에 자주 오나보다 싶었는데, 아니나 다를까 아무도 말하지 않았는데 위스키 병과 얼음통이 나왔다. 웨이터가 모두에게 메뉴를 돌렸다. 그들이 대체 어떤 인종인지는 알 수 없었지만, 앞으로 무엇을 하려는지는 대충 짐작이 갔다. 아마 기획에 대한 논의거나 업무 후 뒤풀이 중 하나일 것이다. 둘 중 어느 쪽이든 결국에는 취해서 똑같은 말만 자꾸 내뱉다가 악수나 하고 헤어지게 마련이다. 여자 한 명이 취해서 남자 한 명이 택시로 아파트까지 바래다주고, 잘하면 그길로 침대까지 파고들기도 한다. 백 년 전부터 이어져온 고전적인 모임이다.

나는 그 그룹을 관찰하는 것도 지겨워지자 창밖 풍경을 바라보았다. 비는 아직도 계속 내리고 있다. 하늘은 여전히 뚜껑이라도 덮어놓은 듯 캄캄한 것이, 예상보다 비가 오래 내릴 낌새였다. 도로 양쪽에 빗물이 모여 세차게 흐르고 있었다. 가게 건너편에는 오래된 반찬가게가 보이고, 두부조림이니 무말랭이 같은 것들이 유리 상자 안에 진열되어 있었다. 소형 트럭 아래서는 커다랗고 흰 고양이가 비를 피하고 있었다.

한참 동안 멍하니 그런 풍경을 바라보다가 가게 안으로 시선을 돌리고, 피스타치오를 몇 개 집어먹으면서 책을 계속 읽을까 어쩔까 생각하는데, 여자 한 명이 내가 앉은 테이블로 다가와 내 이름을 불렀다. 아까 가게에 들어온 일곱 명의 일행 중 한 명이었다.

"맞죠?" 그녀가 물었다.

"네." 나는 깜짝 놀라 대답했다.

"저를 기억하세요?" 그녀가 물었다.

나는 그녀의 얼굴을 보았다. 낯은 익었지만 누군지는 알 수 없어서 나는 솔직하게 말했다. 여자는 내 건너편 의자를 빼고는 거기 앉았다.

"무라카미 씨를 한 번 인터뷰한 적이 있어요." 그녀가 말했다. 그러고 보니 기억이 났다. 내가 첫 소설을 냈을 무렵이니까 지금으로부터 오 년쯤 전, 그녀는 어느 대형 출판사가 내는 여성 월간지의 편집자로 북 리뷰난을 담당하고 있었는데, 거기서 내 인터뷰 기사를 실어준 것이다. 내게는 분명 그것이 작가가 되고 나서 첫 인터뷰였다. 그 무렵 그녀는 머리도 길고, 반듯한 정장을 입고 있었다. 아마 나보다 네 살인가 다섯 살 연하였던 걸로 기억한다.

"분위기가 많이 달라져서 못 알아봤네요." 내가 말했다.

"그렇죠?" 하고 그녀는 웃었다. 머리는 유행하는 스타일로 짧게 잘랐고, 자전거 방수포로 만든 듯 축 늘어지는 카키색 셔츠를 입었으며, 귀에는 모빌 같은 금속 조각을 주렁주렁 매달고 있었다. 미인이라고 해도 괜찮을 부류인데다 이목구비가 또렷한 얼굴이어서, 그런 패션이 그녀에겐 꽤 잘 어울렸다.

나는 웨이터를 불러 위스키 온더록스를 더블로 주문했다. 웨이터가 위스키는 어떤 것이 좋겠냐고 물었다. 혹시나 하고 시바스 리걸은 있느냐고 묻자, 있다고 했다. 그리고 그녀에게 무엇을 마시겠느냐고 물었다. 그녀는 같은 걸로 하겠다고 했다. 그래서 나는 시바스 리걸 온더록스를 더블로 두 잔 주문했다.

"저쪽에 안 가도 되나요?" 나는 중앙 테이블 쪽을 얼핏 보며 물었다.

"괜찮아요." 그녀는 바로 대답했다. "일 때문에 마시러 왔는데, 일은 벌써 끝났으니까 상관없어요."

위스키가 나와서 우리는 잔에 입을 댔다. 언제나와 다름없는 시바스 리걸 향기가 났다.

"저, 무라카미 씨, 그 잡지 망한 거 아시죠?" 그녀가 말했다.

그러고 보니 그 이야기는 들은 적이 있었다. 평판은 나쁘지 않았지만 판매가 부진해서 이 년쯤 전에 회사가 폐간시켜버린 것이다.

"그래서 그때 저도 부서가 바뀌었는데, 우습게 총무과로 가게 된 거예요. 이런 처사가 어디 있느냐고 한참 항의했지만 결국 회사가 밀어붙이는 바람에, 이것저것 다 귀찮아져서 아예 관둬버렸죠." 그녀가 말했다.

"꽤 좋은 잡지였는데요." 나는 말했다.

*

그녀가 회사를 그만둔 건 이 년 전 봄이었는데, 그 무렵 그녀는 삼 년간 사귀던 애인과도 헤어지게 되었다. 사연을 말하자면 길지만, 이 두 가지 사건에는 밀접한 관련이 있었다. 간단히 말하면 그와 그녀는 같은 잡지사 편집자였다. 남자는 그녀보다 열 살 연상이고 결혼했으며 아이도 둘이나 있었다. 남자는 아내와 이혼하고 그녀와 합칠 생각은 애초에 없었으며, 그녀에게도 그것은 분명히 해두었다. 그녀도 그걸로 좋다고 생각했다.

남자는 집이 다나시에 있어서, 센다가야 근처에 회원제 호텔

을 빌려 일이 바쁠 때면 일주일에 이삼일은 그곳에 머물렀다. 그
녀도 일주일에 하루 그곳에 머물렀다. 결코 무리한 교제는 하지
않았다. 그런 사소한 부분에 관해서는 남자가 더 익숙하고 신중
했으므로, 그녀로서도 그쪽이 편했다. 그래서 두 사람의 관계는
삼 년간 아무도 눈치채지 못하게 이어졌다. 편집부 내에서는 두
사람 사이가 앙숙이라고 생각하는 사람조차 있었다.

"대단하죠?" 그녀가 말했다.

"그렇군요" 하고 대답은 했지만, 뭐, 흔히 있는 이야기였다.

잡지 폐간이 결정되고 인사이동이 발표되어, 남자는 여성 주
간지의 부편집장으로 발탁되었다. 여자는 앞에서도 말했듯이
총무과로 발령이 났다. 여자는 편집부에 입사한 것이니 편집 일
을 맡겨달라고 회사에 항의했지만, 잡지 일이 현실적으로 커진
것도 아닌데 편집자만 늘릴 수 없다며 딱 잘라 거절당했다. 대
신 일 년 뒤에 다시 편집부로 보내주겠다는 것이었다. 그러나
일이 그렇게 순조로울 거라는 생각은 그녀도 하지 않았다. 한번
편집 바닥에서 떨어져나간 사원이, 원래 자리로 돌아가지 못하
고 판매과나 총무과의 서류에 둘러싸인 채 시들어가는 꼴을 그
녀는 몇 번이나 보았다. 일 년의 공백이 이 년이 되고, 이 년이
삼 년이 되고, 삼 년이 사 년이 되다보면, 점점 나이를 먹어 일
선 편집자로서 감각을 잃어가는 것이다. 그녀는 그렇게 되고 싶

지 않았다.

　그녀는 자신을 같은 부서에 데려가달라고 애인에게 부탁해보았다. 물론 노력은 해보겠지만 아마 힘들 거야, 남자는 말했다. 현재 내 발언권은 매우 한정된데다. 너무 튀는 행동을 해서 우리 관계가 탄로나는 것도 싫어. 그냥 일이 년 총무과에서 참고 있으면 곧 나도 힘을 길러 너를 끌어올 수 있을 거야. 그러니까 그렇게 해. 그게 제일 좋은 방법이야, 남자는 그렇게 말했다.

　거짓말이야, 그녀는 생각했다. 남자는 사실은 겁을 먹고 있다. 그는 자신이 다른 그네로 옮겨타게 된 사실만 머릿속에 가득해서 그녀를 위해 손가락 하나 까딱할 생각조차 없다. 남자의 이야기를 듣는 동안 그녀의 손은 테이블 아래서 부들부들 떨렸다. 모두가 그녀를 짓밟는 것 같았다. 그녀는 남자에게 커피를 끼얹어버릴까 생각했지만, 결국 그것도 한심하게 느껴져 그만두었다.

　"그러네요, 그럴지도 모르겠네요" 하고 말하며 그녀는 남자에게 빙그레 웃어 보였다. 그리고 그 다음날 회사에 사표를 던졌다.

　"이런 이야기 듣고 있으면 지루하지 않아요?" 그녀는 위스키를 한 모금 핥듯이 마시고, 깔끔하게 매니큐어를 바른 모양 좋은 엄지손톱으로 피스타치오의 껍데기를 벗겼다. 그녀가 까는 피스타치오는 내가 깔 때보다 훨씬 좋은 소리가 나는 것 같았다.

별로 지루하지 않은데요, 나는 그녀의 엄지손톱을 바라보면서 말했다. 그녀는 두 개로 나뉜 껍데기를 재떨이에 넣고 알맹이를 입안에 넣었다.

"어쩌다 이런 이야기를 꺼냈을까?" 그녀가 말했다. "하지만 아까 무라카미 씨의 모습을 본 순간 무척 반가웠어요."

"반가웠다고요?" 나는 약간 놀라 반문했다. 나는 그때까지 그녀와는 두 번밖에 만난 적이 없으며, 그것도 특별히 친근하게 이야기를 나눈 것이 아니다.

"이를테면 뭐랄까요, 옛 친구를 만난 느낌이 들었어요. 지금은 다른 세계에 있지만 예전에는 아주 소중한 관계였던 상대였다고나 할까…… 사실 그렇게 구체적으로 연관되어 있던 사이도 아니었지만. 그래도 제가 하는 말의 의미는 이해하시겠죠?"

알 것 같기는 하다고 나는 말했다. 그러니까 그녀에게 나라는 인간은 기호적인―좀더 호의적으로 말하자면 축제적·의식적인―존재에 지나지 않는 것이다. 나라는 존재는 그녀가 일상적 평면으로 파악하는 세계에는 사실은 속해 있지 않은 것이다. 그렇게 생각하니 뭔가 야릇한 기분이었다.

그러면 나라는 인간은 대체 어떤 종류의 일상적 평면에 속해 있는 걸까, 나는 생각했다.

그건 어려운 문제였다. 게다가 그녀와는 관계없는 문제이기도 했다. 그래서 거기에 대해 나는 아무 말도 하지 않았다. 알 것 같기는 하다, 라고 했을 뿐이다.

그녀는 피스타치오를 또하나 손에 들고 아까처럼 엄지손톱으로 껍데기를 벗겼다.

"아무한테나 이런 비밀스러운 얘기를 하고 돌아다니는 게 아니란 것만 알아주셨으면 해요." 그녀가 말했다. "솔직히 말하면, 이런 얘기 누구한테 하는 거 처음이에요."

나는 고개를 끄덕였다.

창밖에는 아직 여름비가 내리고 있었다. 그녀는 손안에서 가지고 놀던 피스타치오 껍데기를 재떨이에 버리고는 이야기를 계속했다.

그녀는 회사를 그만두자마자 곧장 업무상 알게 된 편집자, 카메라맨, 프리랜서 들에게 일일이 전화해서 회사를 그만둔 사실과 새로운 일을 찾고 있음을 알렸다. 그중 몇 명인가는 일을 찾아줄 수 있을 거라고 했다. 그 자리에서 내일부터 오라고 말해주는 사람도 있었다. 대부분은 광고지나 동네 신문이나 의류회사의 팸플릿 같은 작은 일이었지만, 그래도 큰 회사에서 전표 정리를 하는 것보다는 훨씬 나았다.

일단 일자리를 두 군데 정하고, 그 두 곳을 병행하면 수입도 지금보다 내려가지 않을 거라는 계산이 나오자 그녀는 한숨을 돌렸다. 그래서 우선 한 달 동안은 쉬면서, 그동안은 아무것도 하지 않고 책을 읽거나 영화를 보거나 여행을 다니며 보내기로 했다. 그리 많은 액수는 아니지만 퇴직금도 나와서 생활에 불안은 없었다. 그녀는 잡지사 시절 알게 된 헤어디자이너에게 가서 머리를 지금처럼 짧게 자르고, 그 디자이너의 단골 옷집을 돌아다니며 새로운 헤어스타일에 맞는 옷과 구두와 핸드백과 액세서리를 한꺼번에 싹 장만했다.

회사를 그만둔 지 이틀째 되는 날 저녁, 옛 동료이자 애인이었던 남자에게 전화가 왔다. 상대가 이름을 말하자, 그녀는 아무 말도 않고 전화를 끊었다. 십오 초 뒤에 다시 전화벨이 울렸다. 수화기를 들자 같은 상대였다. 그녀는 이번에는 전화를 끊지 않고 수화기를 숄더백 안에 집어넣고 지퍼를 닫아버렸다. 그걸 끝으로 두 번 다시 전화는 걸려오지 않았다.

그 한 달간의 휴가는 태평스럽게 흘러갔다. 결국 여행은 가지 않았다. 가만히 생각해보니 전부터 여행하는 걸 좋아했던 것도 아니고, 게다가 남자와 헤어진 스물여덟 먹은 여자가 혼자 여행을 한다는 것도 왠지 청승맞다는 생각에 흥이 깨졌다. 그녀는 사흘간 다섯 편의 영화를 보고, 콘서트에 가고, 롯폰기의 라이브하우스에서 재즈를 들었다. 그리고 한가해지면 읽으려고 쌓아두었던 책들을 한쪽에서부터 읽기 시작했다. 레코드도 들었다. 운동

용품 가게에 가서 조깅화와 운동복을 사서 동네를 매일 십오 분 정도 달려보기도 했다.

처음 일주일은 그럭저럭 잘 흘러갔다. 복잡하고 신경을 갉아 먹는 일에서 해방되어 하고 싶은 대로 실컷 할 수 있다는 것은 실로 근사한 일이었다. 마음이 내키면 요리도 하고, 해가 저물면 혼자 맥주를 마시거나 와인을 마셨다.

그러나 그 휴가가 열흘째를 넘어갈 무렵부터 그녀 내부에서 뭔가가 달라졌다. 더는 보고 싶은 영화도 없고, 음악은 시끄러워서 LP판 한 장을 끝까지 들을 수가 없었으며, 책을 읽으면 머리가 아팠다. 만드는 음식들은 한결같이 김이 빠진 것처럼 맛이 없었다. 조깅은 어느 날 학생으로 보이는 음침한 남자가 뒤따라오는 바람에 그길로 그만둬버렸다. 신경이 별나게 예민해져 한밤중에 자주 잠에서 깼고, 암흑 속에서 누군가 계속 자신을 지켜보는 듯한 느낌이 들었다. 그녀는 그럴 때마다 바깥이 환해질 때까지 이불을 뒤집어쓰고 오들오들 떨었다. 식욕이 떨어지고, 하루 종일 초조했다. 더는 아무것도 할 마음이 들지 않았다.

그녀는 아는 사람들에게 닥치는 대로 전화를 걸어보았다. 그중 몇 명은 같이 수다를 떨거나 걱정거리를 들어주었지만, 그들도 일이 바쁘다보니 언제까지 그녀만 상대해줄 수도 없었다. "앞으로 이삼일 뒤면 지금 하는 일 끝나니까, 그때 술 한잔 하러 가자"라고 말하며 그들은 전화를 끊었다. 그러나 이삼일 지나도 술을 마시러 가자는 전화는 오지 않았다. 아마 하던 일을 마무리 짓자마자 갑자기 또다른 일이 들어왔을 것이다. 그녀도 육 년간 줄곧 그런 생활을 되풀이해왔기 때문에 그런 사정은 잘 알고 있었다. 그래서 자기가 먼저 전화를 걸어 상대방을 성가시게 하지는 않았다.

해가 저물면 집에 있는 게 힘들어져서, 그녀는 밤이 되면 새로 산 옷을 입고 밖으로 나가 롯폰기나 아오야마 주변의 작은 바에서 마지막 전철 시간까지 혼자 칵테일을 홀짝댔다. 운이 좋으면 그곳에서 옛날에 알던 사람을 만나 잡담을 하며 시간을 보낼 수 있었다. 운이 나쁘면 (그럴 때가 압도적으로 많았지만) 아무도 만나지 못했다. 더 운이 나쁘면 돌아오는 전철 안에서 낯선 남자가 스커트에 정액을 뿌리기도 하고, 택시 운전사가 꼬드기기도 했다. 천만 명이 넘는 인간이 빼곡히 들어찬 도시에서, 그녀는 자신이 한없이 고독하다고 느꼈다.

처음 그녀와 잔 상대는 중년 의사였다. 그는 핸섬하고 품위 있는 양복을 입은—나중에 안 것이지만—쉰한 살이었다. 그녀가 롯폰기의 재즈 클럽에서 혼자 술을 마시고 있는데 그 남자가 옆자리로 다가와서는, "기다리는 분이 안 오시나보군요. 실은 저도 그렇습니다. 괜찮으시다면 두 사람 중 기다리는 사람이 올 때까지……" 운운하는 흔해빠진 대사를 읊었다. 진부하기 짝이 없는 트릭이었지만 그의 목소리가 상당히 멋있었기 때문에, 그녀는 잠깐 망설이다가 이내 "좋아요, 앉으세요"라고 말했다. 그리고 한동안 둘이서 재즈를 듣고(엷게 탄 설탕물 같은 피아노 트리오), 술을 마시고(그가 맡겨둔 대니엘스), 수다를 떨었다(롯폰기의 옛날 이야기). 물론 그의 상대는 나타나지 않았다. 시계가 열한시를 넘자, 그는 어디 조용한 곳으로 식사를 하러 가지 않겠느냐고 했다. 그녀는 지금 고엔지로 돌아가야 한다고 했다. 그럼 차로 태워다드리죠, 그가 말했다. 태워다주시지 않아도 혼자 갈 수 있어요, 그녀는 말했다. 그럼 이건 어떨까요, 내가 이 근처에 집이 있는데, 차라리 거기서 자고 가는 게, 그가 말했다. 아, 물론 당신이 싫다면 이상한 짓은 안 할 테니까.

그녀는 잠자코 있었다.

그도 잠자코 있었다.

난 비싸요, 그녀가 말했다. 어째서 그런 말을 해버렸는지 스스로도 이해할 수 없었다. 그러나 그 말은 아주 자연스럽게 입에서 나왔다. 일단 입에서 나온 말은 도로 담을 수가 없다. 그래서 그녀는 입술을 꽉 깨물며 상대의 얼굴을 노려보았다.

상대는 빙그레 웃으며 유리잔에 또 위스키를 채웠다. "좋아요." 상대가 말했다. "금액을 말해봐요."

"7만 엔." 그녀는 곧바로 대답했다. 어째서 7만 엔이라고 했는지 근거는 전혀 없다. 그래도 그녀는 7만 엔이어야만 할 것 같은 생각이 들었다. 7만 엔이라고 하면 아마 남자가 거절할 거라는 생각도 있었다.

"거기에 프랑스 요리 풀코스를 붙이겠소." 남자는 말하며 위스키 잔을 단숨에 비우고 일어섰다. "자, 갈까?"

"의사라고 했죠?" 내가 그녀에게 물었다.

"네, 그래요." 그녀는 대답했다.

"무슨 의사였어요? 그러니까 전공 말인데……"

"수의사." 그녀가 말했다. "세타가야에서 수의사를 하고 있대요."

"수의사……" 나는 되뇌었다. 수의사가 여자를 산다는 것이 순간 잘 이해되지 않았다. 그러나 물론 수의사도 여자를 산다.

수의사는 그녀에게 프랑스 요리를 사준 뒤, 가미야초 사거리 근처에 있는 자신의 원룸 맨션으로 데리고 갔다. 그는 그녀를 부드럽게 대했다. 난폭하게도 하지 않았고, 변태적인 구석도 없었다. 두 사람은 천천히 몸을 섞고, 한 시간쯤 사이를 두고 다시 한번 몸을 섞었다. 처음 잠깐 동안 그녀는 이런 상황에 빠진 것에 대해 몹시 당황했지만, 그에게 천천히 애무를 받는 동안 쓸데없는 잡념들도 사라지고 섹스에 점점 빠져들었다. 남자가 페니스를 빼내고 샤워를 하러 간 뒤, 그녀는 한동안 침대 위에 누워 눈을 꼭 감고 있었다. 그리고 요 며칠 계속해서 그녀의 내부에 응어리져 있던 형언할 수 없는 초조함이 완전히 사라졌음을 깨달았다. 맙소사, 그녀는 생각했다. 어째서 이렇게 돼버린 걸까?

아침 열시에 그녀가 눈을 뜨자 남자는 벌써 출근하고 없었다. 책상 위에 1만 엔짜리 일곱 장이 든 봉투가 있고 그 옆에 방 열쇠가 놓여 있었다. 편지도 있었는데, '열쇠는 우편함에 넣어둘 것'이라고 쓰여 있었다. 냉장고에 애플파이와 우유와 과일이 있다고도 적혀 있었다. 그리고 또 '가까운 시일 내에 한 번 더 만나고 싶으니, 그럴 기분이 들면 전화해주기 바람. 한시부터 다섯시까지는 반드시 있음'이라는 말도 있었다. 그리고 동물병원의 명함이 끼여 있었다. 명함에는 전화번호가 쓰여 있었다. 2211이 번호고 그 옆에 '멍멍 야옹야옹'이라고 발음이 적혀 있었다. 그녀는 편지와 명함을 넷으로 찢어 싱크대에서 성냥불로 태워버렸다. 돈은 핸드백 안에 쑤셔넣었다. 냉장고 안의 것에는 손도 대지 않았다. 그리고 그녀는 택시를 잡아타고 곧장 자기 아파트로 돌아갔다.

"그 뒤에도 몇 번 돈을 받고 다른 사람들과 잤어요." 그녀는 내게 말했다. 그리고 입을 다물었다.

나는 테이블에 양 팔꿈치를 대고 입술 앞에서 손가락을 깍지 꼈다. 그리고 웨이터를 불러 위스키를 두 잔 더 주문했다. 이윽고 위스키가 나왔다.

"안주 다른 거 할래요?" 내가 물었다.

"아뇨, 됐어요. 신경쓰지 마세요." 그녀가 말했다.

우리는 또 홀짝홀짝 온더록스를 마셨다.

"질문해도 괜찮을까요? 좀 사적인 거지만." 나는 물어보았다.

"좋아요, 물론." 그녀가 말했다. 그리고 눈을 동그랗게 뜨고 내 얼굴을 보았다. "솔직히 얘기하고 싶어서 지금 이렇게 무라카미 씨에게 모두 털어놓은 거니까요."

나는 고개를 끄덕이며 얼마 남지 않은 피스타치오 껍데기를 깠다.

"그 외 다른 사람과 잘 때도 값은 항상 7만 엔이었나요?"

"아니요." 그녀가 대답했다. "그런 건 아니에요. 그때그때 입에서 나오는 금액이 달라요. 가장 많았던 것이 8만 엔, 가장 적었던 것이 4만 엔이었을 거예요. 상대의 얼굴을 보고 직감적으로 숫자가 나오는 거예요. 금액을 말해서 거절당한 적은 한 번도 없었어요."

"대단하군요." 내가 말했다.

그녀는 웃었다.

그녀는 그 '휴가중'에 전부 다섯 명의 남자와 잤다. 상대는 모두 사십대나 오십대의 허우대 멀쩡하고 바람피우는 데 익숙한 남자들이었다. 그녀는 아는 사람과 부딪칠 확률이 적은 가게에서 남자를 만나고, 한 번 남자를 만난 가게에는 두 번 다시 가지 않았다. 대개는 남자가 호텔방을 잡아 그곳에서 잤다. 딱 한 번 이상한 체위를 요구당한 적이 있었지만, 그 외의 상대는 모두 지극히 정상이었다. 돈도 정확히 지불했다.

그리고 그녀의 '휴가'는 끝났다. 또 일에서 일로 쫓겨다니는 날들이 돌아왔다. 광고지나 동네 신문이나 팸플릿에는 큰 잡지가 갖는 특권이나 사회적 영향력은 없었지만, 대신 처음부터 끝까지 자기가 하고 싶은 대로 일할 수가 있었다. 예전과 비교해보면 오히려 지금이 더 행복했다. 그녀에게는 두 살 연상의 카메라맨 남자친구가 생겨서, 이제 돈을 받으며 다른 남자와 자고 싶다는 생각은 하지 않게 되었다. 지금은 일이 재미있어서 당장 결혼할 생각은 없지만, 앞으로 이삼년 지나면 그럴 생각이 들지도 모르겠다고 그녀는 말했다.

"그렇게 되면 무라카미 씨한테도 연락할게요." 그녀가 말했다.

나는 수첩 메모난에 주소를 적고, 그것을 찢어 그녀에게 건넸다. 그녀는 고맙다고 인사했다.

"그런데, 그때 여러 남자들과 자고 받은 돈은 결국 어떻게 했어요?" 내가 질문했다.

그녀는 눈을 감고 위스키를 마시더니 갑자기 쿡쿡 웃었다. "어떻게 했을 것 같아요?"

"모르겠는데요." 내가 말했다.

"전부 삼 년짜리 정기예금에 넣었어요." 그녀가 말했다.

나는 웃고, 그녀도 웃었다.

"그때쯤이면 결혼이니 뭐니 때문에 아무리 돈이 있어도 부족할지 모르죠. 그렇게 생각하지 않으세요?"

"그렇군요." 나는 말했다.

중앙 테이블의 일행들이 큰 소리로 그녀의 이름을 불렀다. 그녀는 뒤를 돌아보며 손을 흔들었다.

"가야겠네요." 그녀가 말했다. "긴 이야기 들어주셔서 고마워요."

"이렇게 말해도 될지 모르겠지만, 재미있는 이야기였어요." 내가 말했다.

그녀는 의자에서 일어나며 생긋 웃었다. 아주 매력적인 미소였다.

"말이죠." 내가 말했다. "내가 돈을 주고 당신과 자고 싶다고 한다면요. 만약 말입니다."

"네." 그녀가 말했다.

"당신은 얼마라고 할 건가요?"

그녀는 입술을 조금 벌리고 숨을 들이마시더니, 삼 초쯤 생각했다. 그리고 한 번 더 생긋 웃더니 "2만 엔"이라고 했다.

나는 바지 주머니에서 지갑을 꺼내 안에 얼마가 들어 있는지 세어보았다. 전부 3만 8천 엔이었다.

"2만 엔 플러스 호텔비 플러스 이곳의 계산, 그리고 돌아갈 전철비, 그 정도 아닐까요?"

정말 그대로였다.

"잘 가요." 나는 말했다.

"안녕히 계세요." 그녀는 말했다.

바깥에 나오니 이미 비는 그쳐 있었다. 여름비는 그렇게 길게 내리지 않는다. 하늘을 올려다보니 보기 드물게 별이 반짝이고 있었다. 반찬가게는 이미 문을 닫았고, 고양이가 비를 피하던 소형 트럭도 어딘가로 사라졌다. 나는 비가 그친 거리를 걷다가 문득 배가 고파져 식당에 들어가 장어를 먹었다.

장어를 먹으면서, 2만 엔을 지불하고 그녀와 자는 것을 상상해

보았다. 그녀와 자는 것 자체는 나쁘지 않을 것 같았지만, 거기에 돈을 지불한다는 것이 좀 떨떠름하다고 나는 생각했다.

그리고 나는 그 옛날, 섹스가 산불처럼 공짜였던 시절을 떠올렸다. 정말로 그것은 산불처럼 공짜였는데.

야구장

"한 오 년쯤 전 일입니다만, 전 야구장 옆에 살았습니다. 대학교 3학년 때였죠. 야구장이라 해서 그리 거창한 건 아니고, 그냥 그럴듯한 들판이었습니다. 뒷그물과 투수 마운드, 1루 벤치 옆에 간단한 점수판이 있고, 주변은 철조망으로 둘러싸여 있었습니다. 외야에는 잔디 대신 잡초들이 드문드문 자라 있었죠. 화장실은 작은 게 하나 있었지만, 탈의실이나 라커룸 같은 건 없었어요. 구장주는 그 근처에 큰 공장을 가진 제철회사였는데, 입구에는 외부인의 무단출입을 금한다는 팻말이 걸려 있었어요. 토요일이나 일요일이면 그 제철회사의 사원과 공원들이 만든 여러 팀이 와서 아마추어 야구 시합을 했습니다. 그리고 평일에는 회사의 정식 야구팀이 연습을 했고요. 그 밖에 여자 소프트볼 팀도 있었죠. 어쨌든 참 야구를 좋아하는 회사 같았습니다. 야구장 옆에 사는 것도 그리 나쁘지 않더군요. 우리 아파트는 3루 벤치 바로 뒤쪽에 있었고, 전 그곳 2층에 살았습니다. 창을 열면 바로 눈앞이 철망이었어요. 그래서 저는 심심하면—뭐, 낮에는 늘 심심하지만—멍하니 그들이 시합하는 모습이나 연습하는 모습을 지켜보며 지냈습니다. 그러나 제가 거기 살게 된 것은 야구 구경을 하기 위해서는 아니었습니다. 거기에는 전혀 다른 이유가 있었어요."

거기까지 말한 청년은 이야기를 중단하고 상의 주머니에서 담배를 한 개비 꺼내 물었다.

나와 청년은 그날이 첫 대면이었다. 그는 아주 매력적이고 아름다운 글씨를 썼다. 내가 그를 만나볼 마음이 든 것도 실은 그 차밍한 글씨 때문이었다. 차밍하다지만 그의 글씨는 세상에 흔히 있는 펜글씨 습자 같은 유려함과는 거리가 멀었고, 말하자면 볼품없고 소박하고 개성적인 종류의 것이었다. 하나하나의 글씨는 좌우로 흔들리고 균형도 맞지 않고 선도 들쭉날쭉 일정하지 않았다. 그러나 그럼에도, 그의 글씨에는 노래라도 부를 듯한 여유로움이 있었다. 나는 태어나서 그렇게 아름답고 운치 있는 펜글씨를 한 번도 본 적이 없었다.

그는 그 글씨로 원고지 70매 분량의 소설을 써서, 내게 소포로 보내왔다.

　우리집에는 종종 그런 원고들이 온다. 복사를 해서 보내는 경우도 있고, 원문 그대로일 경우도 있다. 사실은 다 읽어보고 뭐라고 감상을 몇 줄 써서 보내야 하지만, 나는 그런 것을 별로 좋아하지도 않고 자신도 없어서—요컨대 극단적으로 개인적인 사고방식을 가진 인간이다—언제나 거절하는 편지를 넣어 당사자에게 돌려보냈다. 미안하다고는 생각하지만, 그렇게 해야만 엉뚱한 실수를 범하지 않는다.

　그러나 그 청년이 보내온 70매의 소설은 읽지 않을 수 없었다. 첫째로 앞에서도 얘기했듯이 글씨가 미치도록 매력적이었기 때문인데, 이렇게 멋있는 글씨를 쓰는 사람이 대체 어떤 소설을 썼을지, 나는 몹시 궁금했다. 그리고 또 한 가지 이유는 그 원고에 첨부된 편지가 아주 예의바르고 간결하고 솔직했기 때문이다. 귀찮게 해서 미안하다, 태어나서 처음으로 소설을 써보았는데 어떻게 처리해야 할지 몰라 몹시 혼란스럽다, 자신이 다루려 한 소재와 자신이 쓴 작품 사이에 커다란 갭이 있는데, 그것이 대체 작가에게 무엇을 의미하는지 잘 모르겠다. 아주 짧은 평이라도 들을 수 있다면 그보다 더한 기쁨은 없겠다—라는 편지였다. 센스 좋은 편지지와 봉투였다. 오자도 없었다. 그런 이유로 나는 그의 소설을 읽었다.

소설의 무대는 싱가포르 바닷가였다. 주인공은 스물다섯 살의 독신 샐러리맨으로, 애인과 함께 휴가를 즐기러 싱가포르에 와 있었다. 바닷가에는 게 요리 전문 레스토랑이 있었다. 두 사람 다 게를 무척 좋아했고, 가게는 본토 사람들을 위한 곳이어서 가격도 아주 저렴해, 둘은 매일 저녁 무렵이면 그곳에서 싱가포르 맥주를 마시고 배 터지게 게 요리를 먹었다. 싱가포르에는 몇십 종류나 되는 게가 있고, 백여 종류의 게 요리가 있었다.

그런데 어느 날 밤, 레스토랑을 나와서 호텔방으로 돌아온 그는 갑자기 속이 몹시 메슥거려 화장실에서 토했다. 위는 게의 흰 살로 가득했다. 변기에 떠 있는 그 살덩어리들을 들여다보고 있자니, 신기하게 그것들이 아주 조금씩 움직이는 듯 보였다. 처음에는 착시현상일 거라고 생각했다. 그러나 살들은 분명히 움직이고 있었다. 마치 주름이 뒤틀리는 듯한 느낌으로, 살의 표면이 부들부들 떨렸다. 그것은 흰 벌레였다. 게살과 같은 색의 아주 작고 하얀 벌레가 몇십 마리나, 게살 표면에 떠 있었다.

그는 한 번 더 위 속의 것들을 있는 대로 게워냈다. 위가 주먹 크기로 수축하고, 쓴 녹색 위액이 한 방울도 남지 않을 때까지 토했다. 그것도 모자라 그는 헹굼액을 꿀꺽꿀꺽 마시고 그걸 또 전부 토해냈다. 그러나 애인에게 벌레 이야기는 하지 않았다. 그는 애인에게 구역질이 나지 않느냐고 물었다. 아니, 애인은 대답했다. 자기는 맥주를 너무 많이 마셔서 그래, 애인이 말했다. 그런가보네, 그도 대답했다. 그러나 그날 저녁 두 사람은 같은 접시에 있는 같은 요리를 먹었다.

그날 밤 남자는 깊이 잠든 여자의 몸을 달빛 아래 바라보았다. 그리고 그 속에서 꿈틀거리고 있을 무수한 작은 벌레들을 생각했다.

그런 이야기였다.

소재도 재미있고, 문장도 탄탄했다. 태어나서 처음으로 쓴 소설치고는 아주 잘 썼다. 그리고 어쨌든 글씨가 멋졌다. 그러나 솔직히 말해 글씨의 매력에 비하면 소설로서의 매력은 훨씬 떨어졌다. 잘 다듬어진 건 사실이지만, 소설로서의 템포가 전혀 없고 전반적으로 평면적이고 편평했다.

물론 내가 타인의 소설 작법에 대해 결정적인 판단을 내릴 입장은 아니다. 그러나 그의 소설이 안고 있는 결점이 상당히 숙명적인 결점이라는 것쯤은 나도 알 수 있었다. 요컨대 고칠 도리가 없는 것이다. 소설 속에 단 한 군데라도 좋으니 특출나게 뛰어난 부분이 있다면 그걸 포인트로 삼아 소설의 수준을 끌어올리는 것은 (이론적으로는) 가능하다. 그러나 그의 소설에는 그것이 없었다. 어디를 봐도 평균적이고 밋밋해서, 사람의 감정을 움직이는 데가 없었다. 그러나 만난 적도 없는 타인에게 솔직하게 그런 감상을 써 보낼 수도 없다. 그래서 나는 '상당히 재미있으니 군더더기 설명 부분을 삭제하고 정성껏 손질한다면 잡지 신인상에 응모해볼 만하다고 생각한다. 더 자세한 비평은 내 능력 밖의 일이다'라는 취지의 짧은 편지를 써서 원고와 함께 그에게 보냈다.

일주일 뒤 그에게서 전화가 왔다. 실례인 줄은 알지만 한번 만날 수 없겠느냐고 했다. 자기는 스물다섯 살로 은행에 다니고 있는데, 근무지 근처에 꽤 맛있는 장어 요릿집이 있으니 비평에 대한 감사의 뜻으로 식사를 대접하고 싶다는 것이었다. 이미 올라탄 배이고, 원고를 읽어주고 장어 요리를 얻어먹는 것도 가히 신기한 일이었기에 나가기로 했다.

나는 글씨체와 문장의 느낌만으로 무의식중에 야윈 체형의 청년을 상상하고 있었지만, 실제로 만나보니 그는 표준보다 뚱뚱했다. 그렇다고 해서 비만은 아니고, 살이 좀 넉넉한 정도였다. 통통한 볼에 넓은 이마, 앞가르마를 한 터부룩한 머리, 동그랗고 가는 테의 안경을 끼고 있었다. 전체적으로 청결하고 정중해 보였으며 옷 입은 센스도 괜찮았다. 그런 면은 예상대로였다.

우리는 인사를 한 뒤 조그만 좌식 테이블에 마주앉아 맥주를 마시고 장어를 먹었다. 식사를 하는 동안 소설 이야기는 거의 나오지 않았다. 나는 그의 글씨를 칭찬했다. 글씨를 칭찬하자 그는 굉장히 좋아했다. 그리고 은행 일의 뒷이야기를 해주었다. 그의 이야기는 아주 재미있었다. 적어도 그의 소설을 읽는 것보다는 훨씬 재미있었다.

"소설에 대해서는 됐습니다." 이야기가 일단락되자 그는 변명하듯이 말했다. "실은 원고를 돌려받고 한 번 더 꼼꼼히 읽어봤습니다만, 제가 봐도 별로였습니다. 손을 대면 부분적으로는 좀 나아질지도 모르지만, 그래도 제가 처음에 쓰고 싶다고 생각했던 모습과는 전혀 달라요. 사실은 그런 게 아니었습니다."

"그게 진짜 있었던 일인가?" 나는 깜짝 놀라 물어보았다.

"네, 물론 진짜 있었던 일입니다. 작년 여름의 일이죠." 그는 너무나 당연하다는 얼굴로 말했다. "전 실제 있었던 일 말고는 잘 쓰지 못합니다. 그래서 진짜 있었던 일만 쓰지요. 처음부터 끝까지 현실에서 일어났던 일입니다. 그런데도 다 쓴 걸 읽어보면 현실감이 없는 겁니다. 그게 문제예요."

나는 애매하게 고개를 끄덕였다.

"저는 아무래도 이대로 은행원이나 하는 편이 좋을 것 같습니다." 그는 웃으며 말했다.

"하지만 스토리가 너무 독특해서, 실제로 있었던 일이라곤 생각 못 했어. 난 완전히 상상으로 만들어낸 얘기라 생각했는데." 나는 말했다.

그는 젓가락을 놓고 한동안 가만히 내 얼굴을 보았다. "잘 설명할 수 없지만, 전 종종 이상한 체험을 해요." 그가 말했다. "이상하다고 해도 그렇게 황당한 건 아니어서, 이상하지 않다고 하면 별로 이상할 것도 없는 일입니다. 그렇지만 저한테는 뭔가 좀 기묘한 사건이에요. 현실이 약간 빗나간 듯한 거죠. 이를테면 싱가포르 바닷가에서 같이 게 요리를 먹고, 나는 토하고 벌레가 나오고 하는데 여자는 곤히 자는 것처럼요. 이상하다고 하면 이상하고, 이상하지 않다고 하면 이상하지 않아요. 그렇죠?"

  나는 고개를 끄덕였다.

  "그런 경험이 제 안엔 한둘이 아닙니다. 그래서 소설을 써볼까 생각했습니다. 소재가 넉넉하니 얼마든지 쓸 수 있을 것 같았어요. 하지만 실제로 써보고 저는 이렇게 생각했습니다. 소설이란 이런 게 아니구나 하고요. 재미있는 소재를 많이 가지고 있는 사람이 좋은 소설을 잔뜩 쓸 수 있다면, 소설가와 금융업자의 차이가 사라져버리겠죠."

  나는 웃었다.

  "그렇지만 만나뵈서 기쁩니다." 그가 말했다. "덕분에 여러 가지로 후련해졌어요."

  "별로 감사할 건 없고, 대신 자네가 말하는 그 이상한 체험이란 걸 아무거나 좋으니 한 가지 들려주지 않겠나?" 내가 물었다.

그는 그 말에 좀 놀라는 것 같았다. 그는 잔에 남아 있던 맥주를 한 모금 마시고 물수건으로 입을 닦았다. "제 이야기를 말입니까?"

"응. 물론 자네가 소설로 쓰기 위해 남겨두고 싶다면 괜찮지만."

"아뇨, 소설은 이제 됐습니다" 하고 말하며 그는 손을 저었다. "이야기하는 건 전혀 상관없습니다. 이야기하는 건 좋아하니까요. 다만 제 이야기만 하는 것 같아 죄송해서요."

타인의 이야기를 듣는 걸 좋아하니까 그런 건 신경쓰지 않아도 된다, 나는 말했다.

그렇게 해서 그는 야구장 이야기를 시작한 것이다.

"야구장 외야 뒤쪽은 강가고, 강 건너편에는 잡목림에 섞여 아파트가 몇 동 띄엄띄엄 서 있었습니다. 도심에서 한참 떨어진 교외였기 때문에 주변에는 논밭이 꽤 남아 있었습니다. 봄이 되면 빙글빙글 돌면서 하늘을 날아다니는 종다리가 보였죠. 그렇지만 제가 거기 산 이유는 목가적인 것과는 전혀 거리가 먼, 훨씬 세속적인 이유였습니다. 저는 그 무렵 한 여자에게 푹 빠져 있었는데, 그녀는 저한테 눈길 한 번 주지 않았습니다. 그녀는 상당한 미인에다 총명해서 어딘지 모르게 다가가기 어려운 분위기가 감돌았죠. 그녀와 저는 같은 학년이고 같은 대학교 동아리였는데, 그녀의 말투로 봐서는 아무래도 애인이 있는 것 같았습니다. 하지만 정말로 그녀에게 애인이 있는지 어떤지는 몰랐습니다. 동아리의 다른 아이들도, 그녀의 사생활에 대해서는 아무것도 몰랐습니다. 그래서 저는 그녀의 생활을 철저히 체크하기로 마음먹었습니다. 그녀와 관련된 여러 가지 정보를 알게 되면 어떤 실마리를 잡을 수 있을 테고, 실패하더라도 최소한 제 호기심은 충족될 테니까요."

"저는 동아리 주소록을 보고 주오 선의 변두리 역에서 내려 또 버스를 갈아타고 그녀의 아파트를 찾았습니다. 아파트는 3층 철근 건물로 꽤 그럴듯했습니다. 베란다는 남향이고 강가 쪽으로 나 있어서 저멀리 건너편까지 보였습니다. 강 건너에는 넓은 야구장이 있고, 야구를 하는 사람들 모습이 보였지요. 방망이로 공을 치는 소리며 함성을 지르는 소리도 들렸고요. 야구장 맞은편에는 인가가 모여 있는 게 보였습니다. 저는 그녀의 방이 3층 왼쪽 끝이라는 것을 확인한 뒤 아파트를 나와 다리를 지나서 강 건너편으로 왔습니다. 다리가 저기 하류 쪽에 놓여 있어 강을 건너는 데 상당히 오랜 시간이 걸렸습니다. 그녀의 아파트 맞은편에 서서 그녀의 집 베란다를 바라보았습니다. 베란다에는 화분이 몇 개 있고, 구석에 세탁기가 있었습니다. 창에는 레이스가 달린 커튼이 걸려 있었습니다. 그리고 저는 야구장 외야 담장을 따라 왼쪽에서 가장자리 쪽으로 돌았습니다. 그리고 마침 3루석 근처에 있는 낡은 아파트를 발견했습니다."

"저는 그 아파트의 관리인을 찾아가, 2층에 빈방이 있는지 물어보았습니다. 마침 3월 초여서 방이 몇 개 비어 있었습니다. 그래서 저는 그 방들을 하나하나 돌며 제 목적에 알맞은 방을 골라 그곳에 살기로 했습니다. 물론 그녀의 방이 정면으로 보이는 장소였죠. 저는 일주일 만에 짐을 싸서 그 방으로 옮겼습니다. 건물이 낡은데다 창문이 동북향으로 나 있어서 방세는 생각보다 훨씬 쌌습니다. 그다음 저는 본가로 돌아가서—오다와라에 있어서 주말마다 갔습니다—아버지에게 부탁해 아주 커다란 카메라 망원렌즈를 빌려왔습니다. 그리고 그걸 삼각대에 받쳐 창가에 세워두고, 그녀의 아파트 방이 보이게 설치했습니다. 처음부터 그럴 생각은 없었습니다. 그러나 시험 삼아 망원렌즈로 보면 어떨까 하는 생각이 들어 실제로 그렇게 해보니, 방안이 거짓말처럼 또렷이 보였습니다. 마치 손바닥 들여다보듯이 말이죠. 책장에 있는 책의 제목까지 읽을 수 있을 정도였습니다."

그리고 그는 한숨 돌리며 담배를 재떨이에 비벼 껐다. "어떻게 할까요? 끝까지 얘기할까요?"

"물론." 나는 말했다.

"신학기가 시작되자 그녀는 아파트로 돌아왔습니다. 그래서 저는 그녀의 생활을 실컷 들여다볼 수 있게 되었죠. 그녀의 아파트 앞은 강가, 그 건너편은 야구장이고, 게다가 방이 3층이어서 그녀는 자기 생활을 누군가가 엿보리라고는 생각도 못 하는 듯했습니다. 그야말로 제가 노린 대로였습니다. 밤이 되면 레이스 커튼을 치긴 했지만, 그런 건 방안에 불이 켜져 있으면 아무런 장애가 되지 않죠. 그래서 저는 맘껏 그녀의 생활이며 또 몸을 지켜볼 수 있었습니다."

"사진을 찍었나?"

"아뇨." 그가 말했다. "사진은 찍지 않았습니다. 그렇게까지 하면 저 자신이 너무 지저분해질 것 같은 생각이 들었어요. 하긴 몰래 지켜보는 것만으로도 충분히 지저분한 짓일지 모르지만, 그래도 역시 어느 정도의 선은 그어놓아야 할 것 같았습니다. 그래서 사진은 찍지 않았습니다. 그저 바라보기만 했습니다. 그런데 혼자 사는 여자의 생활을 종일 들여다본다는 건 정말 이상한 느낌이었습니다. 저는 여자 형제도 없고, 특별히 깊은 관계를 맺은 여자도 없어서, 여자들이 평소 어떤 생활을 하는지 전혀 몰랐거든요. 그래서 모든 것이 제겐 놀라웠고, 적잖은 충격이었습니다. 구체적인 것은 좀 말씀드리기 곤란합니다만, 정말로 이상했습니다. 이해하실 수 있겠어요?"

알 것 같다, 나는 말했다.

"그런 건 함께 얼굴을 마주하고 살다보면 점점 익숙해지는 일인지도 모릅니다. 하지만 그게 대뜸 확대된 프레임 속으로 들어오니까 상당히 그로테스크하더군요. 물론 그런 그로테스크함을 즐기는 사람들이 세상엔 적잖게 있다는 건 저도 압니다. 하지만 저는 그런 타입이 아닙니다. 그런 걸 보고 있으면 슬퍼지고, 가슴이 답답해집니다. 그래서 일주일 동안 그녀의 방을 들여다본 끝에, 이제 이런 짓은 그만두기로 결심했습니다. 저는 망원렌즈를 카메라에서 떼어내 삼각대와 함께 서랍 속에 던져넣었습니다. 그리고 창가에 서서 그녀의 아파트 쪽을 바라보았습니다. 외야 담장 조금 위, 그러니까 라이트와 센터 중간쯤에 그녀의 아파트 불빛이 보였습니다. 그렇게 바라보고 있자니 여러 사람이 나날이 영위해가는 생활에 대해 어느 정도 관대한 마음이 생기더군요. 이걸로 됐다고 생각했습니다. 그녀에게 따로 애인이 없다는 것은 일주일 동안의 관찰 결과 대충 알아냈고, 지금이라면 깨끗이 잊고 원래 자리로 돌려놓을 수 있지 않을까, 그러니까 내일이라도 그녀에게 데이트를 신청하고, 잘되면 애인이 될 수 있지 않을까, 저는 생각했습니다. 그러나 일은 그리 간단하지 않았습니다. 저는 그녀의 생활을 엿보지 않고는 못 견디게 되었으니까요. 야구장 저편으로 부옇게 아파트 불빛이 보이면, 제 몸속에는 그걸 확대시켜 잘게 자르고 싶은 욕구가 점점 커져가는 게 느껴졌습니다. 그리고 그걸 억누르는 것은 제 의지력으로 불가능했습니다. 마치 입안에서 혀가 점점 부풀어올라, 결국에는 질식하고 마는 것과 같은 느낌이었습니다. 그걸 뭐라고 해야 좋을까요. 성적인 감정이면서, 동시에 비非성적인 감정입니다. 마치 액체처럼 제 안의 폭력성이 모공을 비집고 나오는 듯한 그런 느낌이에요. 그런 걸 막을 수 있는 사람은 아마 아무도 없으리라고 생각합니다. 그런 폭력성이 내 몸속에 잠재되어 있다는 걸 저 자신도 그전까지 인식하지 못했습니다."

"그래서 전 벽장에서 다시 카메라와 망원렌즈와 삼각대를 꺼내서 이전처럼 설치해놓고, 그녀의 방을 계속 바라보았습니다. 그렇게 할 수밖에 없었습니다. 그것은, 그녀의 생활을 엿보는 것은, 이미 제 신체 기능의 일부가 되어버렸습니다. 그래서 눈이 나쁜 사람이 안경을 벗지 못하듯이, 영화에 나오는 킬러가 손에서 권총을 놓지 못하듯이, 저는 카메라 파인더로 포착하는 그녀의 공간 없이는 생활할 수 없게 되었습니다."

"당연한 일이지만 저는 그 외의 세상 모든 일들에 대해 조금씩 흥미를 잃어갔습니다. 학교에도 동아리에도 거의 얼굴을 내밀지 않게 되었어요. 테니스, 오토바이, 음악 등 그때까지 꽤나 빠져 있던 것들도 점점 등한시하게 되고, 친구들과 어울리는 일도 눈에 띄게 줄었습니다. 동아리에 얼굴을 내밀지 않게 된 것은 그녀와 마주치는 게 점점 고통스러워졌기 때문입니다. 그리고 그녀가 갑자기 사람들 앞에서 나에게 삿대질을 하며 '네가 무슨 짓을 하는지 전부 알고 있어' 하고 따지지 않을까 하는 공포심도 있었습니다. 물론 현실적으로 그런 일이 일어나지 않으리라는 건 잘 알고 있었죠. 만약 그녀가 제 행동을 눈치챘다면, 이러니저러니 말을 하기 전에 창에 두꺼운 커튼부터 쳤을 테니까요. 그런데도 저는 사람들 앞에서 저의 비도덕적인 행위가—비도덕적인 행위죠, 명백히—완전히 들통나서, 규탄과 경멸을 받으며 그대로 사회에서 매장되는 게 아닌가 하는 악몽에서 벗어날 수 없었습니다. 실제로도 몇 번이나 그런 꿈을 꾸고는 땀에 젖어 벌떡 일어나기도 했습니다. 그래서 학교에도 거의 가지 않게 되었죠."

"옷에 대해서도 거의 신경쓰지 않게 되었습니다. 저는 원래 옷차림을 깔끔히 하고 다니는 걸 좋아하는 편인데 그게 완전히 변해버려서, 너덜너덜해질 때까지 같은 옷을 입고 다닐 정도였습니다. 수염도 제대로 깎지 않았고, 이발소에도 가지 않았습니다. 덕분에 방에서는 시궁창 냄새가 났습니다. 빈 맥주캔이며 인스턴트식품 봉지며 아무데나 찔러넣은 담배꽁초들이 방안에 엉망진창으로 쌓여가는데, 그 안에서도 저는 그녀의 모습만 계속 좇고 있었습니다. 그렇게 석 달이 지나고 여름방학이 다가왔습니다. 여름방학이 되자 그녀는 기다렸다는 듯이 홋카이도의 고향 집으로 돌아갔습니다. 저는 그녀가 여행가방에 책이며 노트며 옷 등을 챙겨넣는 작업을 망원렌즈로 빠짐없이 지켜보았습니다. 그녀는 냉장고 플러그를 뽑고, 가스 밸브를 잠그고, 창문 단속을 확인한 뒤, 전화를 몇 통 걸더니 아파트를 나갔습니다. 그녀가 나가버리고 나자 온 세상이 텅 빈 것 같았습니다. 그녀가 나간 뒤에는 아무것도 남아 있지 않았습니다. 그녀가 세상에서 필요한 것들을 모두 갖고 나간 것 같았습니다. 그래서 저는 빈 껍데기가 되었습니다. 태어나서 지금껏 그렇게 공허함을 느껴본 적이 없습니다. 마치 마음속에서 나와 있는 몇 가닥의 코드를 누군가 움켜쥐고 힘껏 뽑아버린 듯한 그런 느낌이었습니다. 속이 메슥거려 아무런 생각도 할 수 없었습니다. 저는 고독하고, 순간순간 더욱 비참한 곳을 향해 떠내려가는 듯한 느낌이 들었습니다."

"하지만 동시에 마음 한구석이 편안했습니다. 결국 저는 해방된 겁니다. 그녀가 없어짐으로써, 저는 저 자신의 힘으로는 도저히 어쩔 수 없었던 진흙탕에서 빠져나올 수 있었던 겁니다. 그 두 가지 생각이—즉 그녀의 생활을 한없이 확대시켜보고 싶다는 생각과, 나는 해방되었다는 생각입니다—제 몸을 양쪽에서 잡아당겨서, 저는 그녀가 떠나고 며칠 동안 몹시 혼란스러웠습니다. 그러나 그 며칠이 지나자 저는 조금씩 정상으로 돌아갔습니다. 저는 목욕을 하고 이발소에 가고, 방을 치우고 빨래를 했습니다. 그리고 저는 점점 원래의 저 자신으로 돌아갔습니다. 너무나도 쉽게 원래로 돌아왔기 때문에 스스로를 신용할 수 없을 정도였습니다. 진정한 나는 대체 무엇인가 하고요."

그는 웃으며 무릎 위에서 두 손을 깍지꼈다.

"여름 내내 공부를 했습니다. 학교에 별로 가지 않았던 탓에 학점이 아슬아슬했죠. 당면한 문제는 방학이 끝나고 치르는 1학기 시험인데, 출석 부족을 메우기 위해서 꽤 높은 성적을 내야만 했습니다. 저는 부모님 집으로 돌아와 아무데도 나가지 않고 시험공부를 했습니다. 그러는 동안 차츰 그녀를 잊어갔습니다. 그리고 여름방학도 거의 끝날 무렵 문득 돌아보니, 전 예전처럼 그녀에게 몰두해 있지 않더군요."

"잘 설명할 수는 없지만, 누군가를 엿보면, 사람은 분열적인 경향이 생기는 게 아닐까 싶습니다. 아니, 확대하면, 이라고 하는 편이 좋을지도 모르겠군요. 이를테면 말입니다, 제 망원렌즈 속에서 그녀는 두 개로 나뉩니다. 그녀의 몸과 그녀의 행위로 말이죠. 물론 보통 세계에서는 몸이 움직임으로써 행위가 생겨납니다. 그렇죠? 그러나 확대된 세계에서는 그렇지 않습니다. 그녀의 몸은 그녀의 몸이고, 그녀의 행위는 그녀의 행위입니다. 가만히 보고 있으면 그녀의 몸은 그냥 그곳에 있고, 그녀의 행위는 그 프레임 바깥쪽에서 찾아오는 기분이 듭니다. 그렇게 되면 그녀는 대체 무엇인가, 하고 생각하게 되죠. 행위가 그녀인가, 아니면 몸이 그녀인가? 그리고 그 한가운데가 완전히 빠져버립니다. 그리고 확실히 말해, 몸으로 보든 행위로 보든, 그런 식으로 단편적으로 보는 한, 인간의 존재라는 것은 결코 매력적이지 않습니다."

그는 거기서 일단 이야기를 끝내고 맥주를 더 주문했다. 그리고 내 잔과 자신의 잔에 따랐다. 그는 맥주를 한두 모금 마시더니, 한동안 무슨 생각에 잠긴 듯 가만히 있었다. 나는 팔짱을 끼고 다음 이야기를 기다렸다.

"9월이 되어 학교 도서관에서 그녀와 정면으로 마주쳤습니다. 그녀는 새까맣게 그을려 건강해 보였습니다. 그녀가 먼저 제게 말을 걸어왔습니다. 대체 어떻게 해야 좋을지 몰랐습니다. 그녀의 유방이며 음모며, 그녀가 매일 밤 자기 전에 하는 체조며, 옷장에 가득 걸린 그녀의 옷들이며, 그런 여러 가지 단편이 한꺼번에 제 머릿속에 밀려들어왔습니다. 마치 진흙투성이 땅바닥에 강제로 머리가 처박혀 있는 그런 기분이었습니다. 겨드랑이 아래로 땀이 배어나와 몹시 불쾌한 기분이 들었습니다. 그런 느낌이 불공평하다는 건 알고 있었지만, 어떻게 할 수가 없었습니다. '오랜만이야' 하고 그녀가 말했습니다. '모두 걱정하고 있었어. 네가 안 보여서.' 그래서 저는 '좀 아팠어, 하지만 이제 괜찮아'라고 말했습니다. '그러고 보니 야윈 것 같네' 하고 그녀는 말했습니다. 저는 반사적으로 뺨을 손으로 만져보았습니다. 확실히 그 무렵 평소보다 3, 4킬로그램이 빠졌을 겁니다. 우리는 잠시 그렇게 선 채로 몇 마디 나누었습니다. 누가 어쩌고저쩌고하는 시시한 이야기들이었습니다. 그동안 저는 그녀의 오른쪽 옆구리에 있는 반점을 생각하고 있었습니다. 그리고 몸에 딱 붙는 옷을 입을 때 큰 거들로 배와 엉덩이를 조이던 걸 생각하고 있었습니다. 그녀는 제게 점심 먹었느냐고 물었습니다. 사실은 먹지 않았는데 먹었다고 했습니다. 어차피 식욕도 없었습니다. 그럼 차라도 마실래? 하고 다시 묻더군요. 저는 시계를 보며, 유감스럽지만 친구에게 노트 복사한 걸 빌리기로 했다고 거짓말을 했습니다. 그렇게 우리는 헤어졌습니다. 저는 땀에 푹 젖어 있었습니다. 비틀어 짜면 물이 한 바가지 정도 나올 만큼 옷이 젖었습니다. 아주 끈적끈적하고 불쾌한 냄새가 나는 땀이었습니다. 그래서 체육관에서 샤워를 하고, 구내매점에서 속옷을 사서 갈아입어야 했습니다. 저는 그후 당장 동아리를 그만두었고, 그러고는 한 번도 그녀를 본 적이 없습니다."

그는 새 담배에 불을 붙이더니 맛있게 연기를 토해냈다. "그런 이야기입니다. 그리 내놓고 남에게 떠들 얘긴 아닙니다만."

"그 아파트에 그후로도 계속 살았나?" 나는 물어보았다.

"네, 그해 말까지 그곳에 살았습니다. 그렇지만 더 엿보지는 않았습니다. 망원렌즈도 아버지께 돌려드렸습니다. 마치 빙의되었던 귀신이 떨어져나간 듯이, 그런 욕구가 사라졌습니다. 저는 가끔 밤이 되면 창가에 앉아 야구장 맞은편에 보이는 그녀 아파트의 작은 불빛을 바라보며 멍하니 시간을 보냈습니다. 작은 불빛이란 건 참 좋더군요. 저는 비행기 창으로 밤의 지상을 내려다볼 때마다 그렇게 생각합니다. 작은 불빛이라는 게 얼마나 아름답고 따뜻한 것인가 하고요."

그는 입가에 미소를 띤 채 시선을 들어 내 얼굴을 보았다.

"저는 지금도 그녀와 마지막으로 이야기를 나누었을 때 흘린 땀의 끈적끈적한 감촉과 불쾌한 냄새를 또렷이 기억하고 있습니다. 그리고 그런 땀만은 앞으로 두 번 다시 흘리고 싶지 않다고 생각합니다. 만약 그게 가능하다면 말이지만요." 그는 말했다.

먼바다에는 커다란 부표 두 개가 나지막한 섬처럼 나란히 떠 있었다. 바닷가에서 부표까지는 자유형으로 50스트로크, 부표에서 부표까지 30스트로크쯤 됐다. 수영하기에 적당한 거리다.

　부표 하나의 넓이는 방으로 치자면 네댓 평 정도로, 그 둘이 쌍둥이 빙산처럼 바다 위에 우뚝 솟아 있다. 물은 부자연스러울 정도로 깨끗하고 맑아서, 위에서 내려다보면 부표를 묶어놓은 굵은 사슬과 그 끝에 매달린 콘크리트 추까지 선명하게 보였다. 수심은 대략 5, 6미터쯤 될까. 파도라고 할 만한 큰 파도가 일지 않아서, 부표는 거의 흔들림 없이, 마치 긴 못으로 바닷속에 단단히 고정된 것처럼 꼼짝도 하지 않았다. 부표 옆에는 사다리가 하나 걸쳐 있고, 곁에는 녹색 인공 잔디가 깔려 있었다.

부표 위에 서서 해안 쪽을 바라보면, 옆으로 길게 뻗은 하얀 모래사장과 빨갛게 칠한 구조대의 조망대, 일렬로 늘어선 야자수의 녹색 잎이 보였다. 꽤 좋은 풍경이었지만, 어딘지 모르게 그림엽서 같았다. 하지만 이게 현실이니, 불평할 수는 없다. 해안선을 따라 오른쪽으로 쭉 시선을 돌리면, 모래사장이 끊어지고 울퉁불퉁한 검은 바위들이 삐죽삐죽 보이기 시작하는 곳에 내가 묵고 있는 별장식 호텔이 보였다. 호텔은 흰 벽의 2층 건물로, 지붕 색은 야자수 잎보다 조금 짙은 녹색이었다. 계절은 6월 말이라 아직 시즌 전이어서, 해안에 나온 사람은 손가락으로 꼽을 정도였다.

부표의 상공은 미군 기지로 향하는 군용 헬리콥터가 지나는 길이었다. 그들은 먼바다에서 똑바로 날아와 두 개의 부표 한가운데를 지나, 야자수의 행렬을 넘어 내륙 쪽으로 날아갔다. 유심히 바라보면 조종사 얼굴까지 보일 정도의 저공비행이었다. 기체는 무거운 색조의 올리브그린으로, 앞머리에 곤충의 더듬이처럼 곧은 레이더 안테나가 전방으로 뻗어 있었다. 하지만 그 군용 헬리콥터의 비행만 제외하면, 정말 깊은 잠에 빠져버릴 만큼 조용하고 평화로운 해안이었다.

우리 방은 2층짜리 호텔 1층에 있고, 해안으로 창이 나 있었다. 창밖 담장 아래는 철쭉을 닮은 빨간 꽃이 흐드러지게 피어 있고, 그 건너편에 야자수가 보였다. 정원의 잔디는 깔끔하게 손질되어 있고, 부채모양으로 고개를 흔드는 스프링클러가 달그락달그락 졸린 듯한 소리를 내며 하루종일 물을 뿌렸다. 창틀은 빛바랜 녹색이며, 베니션블라인드는 아주 조금 녹색이 섞인 흰색이었다. 벽에는 고갱의 타히티 그림 두 장이 걸려 있었다.

호텔의 한 동은 네 개의 방으로 나뉘어 있었다. 1층에 두 개, 2층에 두 개. 우리 옆방에는 모자가 머물고 있었다. 그 두 사람은 우리가 오기 전부터 줄곧 그곳에 머물렀던 것 같았다. 우리가 처음 이 호텔에 도착해 카운터에서 체크인을 하고 열쇠를 받아 짐을 나르고 있을 동안, 그 조용한 두 사람은 푹신한 로비 소파에 마주앉아 신문을 펼쳐 읽고 있었다. 어머니도 아들도 각자 신문을 들고, 마치 한정된 시간을 인위적으로 늘리려는 것처럼 신문을 구석구석까지 읽고 있었다. 어머니 쪽은 예순에 가까운 오십대, 아들 쪽은 우리와 비슷한 연배로 스물여덟이나 아홉쯤 되어 보였다. 두 사람 다 이마가 넓고 갸름한 얼굴에 항상 입을 꼭 다물고 있었다. 이렇게 겉모습이 닮은 모자를 나는 그때까지 본 적이 없었다. 어머니는 그 연배의 여성치고는 놀라울 정도로 키가 크고 등이 곧았으며 팔다리의 동작도 민첩했다. 두 사람 다 어딘지 잘 만든 테일러드슈트 같은 느낌이었다.

아들 쪽도 체격으로 추측하자면 어머니처럼 키가 클 것 같았지만 실제로 어느 정도인지는 알 수 없었다. 그는 계속 휠체어에 앉아서 한 번도 일어서지 않았기 때문이다. 언제나 어머니가 뒤에 서서 그 휠체어를 밀고 있었다.

밤이 되면 그는 휠체어에서 소파로 옮겨 앉아, 그곳에서 룸서비스로 식사를 하고, 그다음에는 책을 읽거나 하며 보내는 것 같았다.

방에는 물론 냉방장치가 되어 있었지만, 모자는 스위치를 꺼놓고 항상 입구 문을 열어 시원한 바닷바람이 드나들게 했다. 아마 에어컨 바람이 아들의 몸에 좋지 않아서일 거라고 우리는 생각했다. 우리 방에 가려면 반드시 그들의 방 앞을 지나야 했기 때문에, 우리는 그때마다 그들의 모습을 보지 않을 수 없었다. 입구에는 발 같은 스크린이 쳐 있어 일단 눈가리개 역할은 했지만, 그래도 대략의 실루엣은 보지 않으려고 해도 보였다. 두 사람은 언제나 소파에 마주앉아 책이나 신문이나 잡지 같은 걸 손에 들고 있었다.

그들은 정말로 말이 없었다. 그들의 방은 언제나 박물관처럼 고요했으며, 텔레비전 소리 하나 나지 않았다. 냉장고 모터 소리까지 들릴 정도였다. 두 번쯤인가 라디오 음악 소리를 들은 적이 있었다. 한번은 클라리넷이 들어간 모차르트의 실내악이고, 또 한번은 내가 모르는 관현악 곡이었다. 아마 리하르트 슈트라우스 정도가 아닐까 싶지만, 자세히는 모르겠다. 그것만 빼면 정말로 고요 그 자체였다. 마치 모자라기보다 노부부가 머무는 방 같았다.

식당이며 로비며 복도며 정원 산책로에서, 우리는 그 모자와 자주 마주쳤다. 워낙 아담한 규모의 호텔인데다 시즌 전이라 손님도 적었기 때문에 싫어도 얼굴을 익히게 된다. 서로 마주치면 우리는 어느 쪽이 먼저랄 것도 없이 인사를 했다. 어머니와 아들은 인사하는 법이 좀 달랐다. 아들은 턱과 눈을 약간 움직이는 정도의 보일 듯 말 듯한 인사였고, 어머니는 상당히 정중한 인사였다. 그러나 어쨌든 모자의 인사에서 받는 인상은 같았다. 그것은 인사에서 시작해 인사로 끝나고, 그 외의 어디로도 나아가지 않았다.

우리는 호텔 식당에서 그 모자와 가까이 앉아도 한 마디도 말을 건네지 않았다. 우리는 우리 둘끼리 이야기를 하고, 모자는 그들끼리 이야기를 했다. 우리는 자식 계획이며 이사며 대출이며 직업의 비전에 대해서 이야기를 나누었다. 우리 두 사람에게 이십대 마지막 여름이었다. 모자가 무슨 이야기를 나누었는지는 모른다. 그들은 대체로 말이 없었으며, 입을 열어도 무서우리만치 목소리가 작아서—마치 독순술이라도 하는 것 같았다—나는 도저히 그 내용을 알아들을 수 없었다.

그리고 그들은 실로 조심스레, 깨지기 쉬운 물건이라도 다루듯이 가만히 식사를 했다. 나이프며 포크며 스푼 소리조차 거의 들리지 않았다. 때때로 그 모두가 환상이고, 문득 뒤쪽 테이블을 돌아보면 모든 것이 사라지고 없는 게 아닐까 하는 생각이 들 정도였다.

아침식사를 하고 나면 우리는 매일 아이스박스를 들고 해변으로 나갔다. 온몸에 선탠오일을 바르고 비치매트에 누워 몸을 태웠다. 그리고 그사이 나는 맥주를 마시면서 카세트로 롤링 스톤스나 마빈 게이를 들었으며, 아내는 『바람과 함께 사라지다』 문고판을 다시 읽었다. 태양은 내륙에서부터 모습을 보이기 시작해, 헬리콥터와 반대 방향의 진로를 더듬어 수평선으로 가라앉았다.

언제나 두시쯤 되면 휠체어 모자가 해변에 나타났다. 어머니는 산뜻하고 수수한 색의 반소매 원피스에 가죽 샌들을 신고, 아들은 알로하셔츠나 폴로셔츠에 면바지 차림이었다. 어머니는 차양이 넓은 밀짚모자를 쓰고, 아들은 모자 없이 레이밴의 짙은 녹색 선글라스를 끼고 있었다. 두 사람은 야자수 잎이 드리우는 그늘에 앉아 아무 일도 하지 않고 가만히 바다를 바라보고 있었다. 나무 그늘이 이동하면 그들도 거기에 맞춰 이동했다. 두 사람은 휴대용 은색 주전자를 가지고 와서 이따금 그걸로 종이컵에 음료수를 따라 마셨다. 무엇을 마시는지는 모른다. 그리고 둘이서 크래커 같은 것을 먹을 때도 있었다.

　두 사람은 삼십 분쯤 있다가 자리를 접고 어디로 갈 때도 있고, 세 시간씩 그곳에 가만히 있을 때도 있었다. 수영을 하다보면 몸 위로 그들의 시선이 느껴질 때도 있었다. 부표 근처에서부터 야자수까지는 상당한 거리였으니 어쩌면 그것은 내 착각일지도 모르지만, 부표에 올라가 야자수 그늘 쪽을 바라보면 그들은 확실히 내 쪽을 보고 있는 것 같았다. 때때로 그들의 은색 주전자가 나이프처럼 반짝거리며 빛나는 것이 보였다. 부표 위에 엎드려 멍하니 그들 쪽을 바라보면, 점점 거리의 균형이 사라지는 느낌이 들기도 했다. 아주 조금만 손을 뻗으면 그들의 손이 내 몸에 닿을 것 같았다. 50스트로크 분의 차가운 물 따위는 전혀 의미 없는 존재처럼 생각되기도 했다. 어째서 그렇게 느끼는지는 스스로도 잘 알 수 없었다.

　그런 날들이 높은 하늘을 흐르는 구름처럼 천천히 지나갔다. 하루와 하루 사이를 뚜렷이 구별할 수 있을 만큼 눈에 띄는 특징은 없었다. 해가 뜨고, 해가 지고, 헬리콥터가 하늘을 날고, 나는 맥주를 마시고, 수영을 했다.

호텔을 떠나기 전날 오후, 나는 마지막으로 한 번 더 수영을 했다. 아내는 낮잠을 자고 있어서 나 혼자 수영을 했다. 토요일인 탓에 해변에는 평소보다 사람이 조금 많았지만, 그래도 역시 한산했다. 몇 커플의 남녀가 모래 위에 누워 일광욕을 하고, 가족 동반으로 온 사람들이 바닷가에서 물장난을 하고, 몇 명은 해안에서 그다지 떨어지지 않은 곳에서 수영 연습을 하고 있었다. 해군 기지에서 온 듯한 미국인 일행이 야자수에 로프를 매고 비치발리볼을 하며 놀고 있었다. 모두 키가 크고 보기 좋게 그을린 피부에 짧게 깎은 머리였다. 군인은 언제나 어느 시대나 똑같은 얼굴이다.

둘러보니 두 개의 부표 위에는 인기척이 없었다. 태양은 높고, 하늘에는 구름 한 조각 없었다. 시곗바늘은 두시를 지나고 있었지만 휠체어 모자의 모습은 보이지 않았다.

나는 발을 물에 담그고 물이 가슴에 닿을 때까지 바다 복판을 향해 걸어가, 왼쪽 부표를 향해 자유형으로 헤엄치기 시작했다. 어깨 힘을 빼고 물을 몸에 감기게 하듯이 천천히 헤엄쳤다. 서둘러야 할 이유는 아무것도 없다. 오른손을 물에서 빼내 곧장 앞으로 뻗고, 그러고 나서 왼팔을 빼내 뻗는다. 왼팔을 뻗음과 동시에 물에서 얼굴을 내밀어 신선한 공기를 폐 속 깊숙이 빨아들인다. 물방울들이 튀어올라 햇빛에 하얗게 물들었다. 모든 것이 내 주변에서 반짝거리고 있었다. 언제나처럼 스트로크 수를 세면서 헤엄쳤다. 40까지 센 후 앞을 보자 부표는 바로 눈앞에 있었다. 그곳에서부터 딱 10스트로크 더 가자 내 왼손 끝이 부표 옆에 닿았다. 정확하게 평소대로였다. 나는 그대로 한동안 바다에 떠서 호흡을 가다듬은 후, 사다리를 잡고 부표 위에 올라갔다.

부표 위에는 뜻밖의 손님이 먼저 와 있었다. 상당히 뚱뚱한 금발의 미국인 여자였다. 해변에서 봤을 때는 부표 위에 사람의 모습이 보이지 않았지만, 아마 그녀가 부표의 맨 끝에 드러누워 있어서 눈에 띄지 않았던 건지도 모르겠다. 아니면 공교롭게 내가 봤을 때는 그 부근을 헤엄치고 있었을지도 모른다. 그러나 어쨌든 그녀는 부표 위에 누워 있었다. 그녀는 흔히 밭에 꽂아놓는 농약 살포 주의문 깃발처럼 팔랑거리는 작은 빨간색 비키니를 걸치고 있었다. 워낙 두루뭉술 살이 찐 탓에 비키니는 실제보다 더 작아 보였다. 이곳에 온 지 얼마 되지 않은 듯, 피부는 편지지처럼 새하얀 색이었다.

내가 물을 뚝뚝 떨어뜨리며 부표 위에 올라가자, 그녀는 아주 살짝 눈을 떠 나를 보더니 다시 감았다. 나는 여자가 누워 있는 쪽 반대편에 앉아 두 다리 끝을 물에 담그고 해안 풍경을 바라보았다.

야자수 아래는 아직 모자의 모습이 없었다. 야자수 아래도, 다른 어떤 곳에도 그들의 모습은 없었다. 해안 어디 있더라도 그들의 얼룩 하나 없는 은색 휠체어는 눈에 띈다. 놓칠 리가 없다. 그들은 두시가 되면 항상 정확하게 해안에 모습을 나타냈기 때문에, 그들의 모습이 보이지 않자 나는 어딘지 허전한 기분이 들었다. 습관이라는 것은 참 이상하다. 아주 미미한 요소가 하나 빠진 것만으로 세상에서 버림받은 듯한 기분이 든다.

어쩌면 두 사람은 이미 호텔을 떠나 어딘가―어디라도 좋다, 그들이 원래 존재했던 장소―로 돌아가버렸는지 모른다. 하지만 조금 전 점심시간에 호텔 레스토랑에서 마주쳤을 때 그들에게서는 그런 기미가 조금도 비치지 않았다. 두 사람은 시간을 들여 천천히 '오늘의 런치'를 먹었고, 식후에 아들은 아이스티를 마시고 어머니는 푸딩을 먹었다. 그후에 곧 짐을 꾸리러 갈 분위기는 아니었다.

나는 여자와 똑같은 자세로 엎드려 작은 파도가 부표 옆면을 때리는 소리에 귀를 기울이면서 십 분쯤 몸을 태웠다. 하얀 바닷새가 마치 하늘에 자로 선을 긋는 듯 똑바로 육지를 향해 날아가는 것이 보였다. 귓속으로 들어간 물방울이 태양빛에 조금씩 뜨거워지는 게 느껴졌다. 강한 오후 햇살이 무수한 바늘이 되어 육지와 바다 위에 쏟아졌다. 몸을 적시고 있던 바닷물이 증발해버리자, 기다렸다는 듯 땀이 분출해 온몸을 덮었다.

더위를 견딜 수 없어 얼굴을 들자, 여자 쪽은 이미 몸을 일으켜 양손을 무릎 위에 올리고 하늘을 보고 있었다. 그녀도 나와 마찬가지로 땀을 흠뻑 흘리고 있었다. 작은 빨간색 비키니가 부풀어오른 흰 피부에 찰싹 달라붙어 있고, 동그란 땀방울이 먹이에 몰려든 미세한 벌레처럼 그 주위를 덮고 있었다. 뱃살 주변에는 마치 토성의 테두리처럼 지방이 들러붙었고, 손목이며 발목의 잘록해야 할 부분도 거의 사라지고 없었다. 그녀는 나보다 몇 살쯤 더 많아 보였다. 그렇다고 그렇게 차이가 날 것 같진 않다. 기껏 두세 살 정도일 것이다.

뚱뚱한 데 비해서는 건강해 보이는 인상이었다. 얼굴도 나쁘지 않다. 단지 살이 너무 많이 붙었을 뿐이다. 자석이 쇠붙이를 끌어들이듯이, 지방이 극히 자연스럽게 그녀의 몸에 달라붙어 있는 것이다. 그녀의 지방은 귀 바로 밑에서 시작해, 완만한 경사를 그리며 어깨로 내려와, 그대로 팔의 알통으로 직결했다. 마치 미슐랭 타이어 간판의 타이어 남자 같았다. 그녀의 그런 살찐 모습은 내게 무엇인지 모를 숙명을 상기시켰다. 세상에 존재하는 모든 경향은 모두 숙명적인 병이다.

"너무 덥지 않아요?" 저쪽 끝에서 여자가 영어로 말을 걸어왔다. 뚱뚱한 여자들 대부분이 그렇듯 약간 애교를 부리는 듯한 느낌의 톤이 높은 목소리였다. 낮은 목소리를 내는 뚱뚱한 여자는 별로 만나보지 못했다. 어째서인지 모르겠다.

"정말 그러네요." 내가 대답했다.

"저, 지금 몇시쯤 됐을까요?" 여자가 물었다.

나는 별 의미 없이 해변을 한 번 바라본 뒤 "두시 삼십분이나 사십분쯤 됐을 겁니다" 하고 말했다.

"네에." 여자는 시큰둥하게 말했다. 그리고 손가락을 주걱처럼 사용해서 콧등과 통통한 양쪽 볼에 흐르는 땀을 닦았다. 시간이 몇시인지, 그런 건 그녀와 별로 상관없는 것 같았다. 그저 침묵을 깨고 싶어 뭔가를 물어보았을 뿐이다. 시간이라는 것은 순수하게 독립된 존재여서, 그렇게 독립시켜 다루는 게 가능하다.

나는 슬슬 차가운 물속에 뛰어들어 옆 부표까지 헤엄치고 싶었지만, 그녀와의 대화를 피하는 것처럼 보이는 게 싫어서 잠시 미루기로 했다. 나는 부표 끝에 걸터앉은 채, 여자가 아무 이야기나 시작하기를 기다렸다. 가만히 앉아 있으니 눈에 땀이 들어가 소금기로 안구가 따끔거렸다. 피부가 팽팽해져 군데군데 찢어질 것 같은 햇빛이었다.

"매일 이렇게 더운가요?" 여자가 내게 물었다.

"그렇죠. 계속 이 정도였어요. 오늘은 구름이 전혀 없어서 더 더운 것 같지만." 내가 말했다.

"오래 계셨죠, 당신은? 완전히 새까맣게 탔네요."

"구 일쯤 됐어요."

"정말 근사하게 태웠네요." 여자가 감탄스럽다는 듯이 말했다. "난 어젯밤에 도착했어요. 도착했을 때는 마침 해가 져서 시원했는데, 이렇게 더울 거라곤 생각도 못 했어요."

"너무 갑작스럽게 몸을 태우면 나중에 힘들어요. 한 번씩 그늘로 돌아갔다 오는 게 좋아요." 내가 말했다.

"나는 군인 가족 전용 별장에 머물고 있어요." 그녀는 내 충고를 무시하고 말했다.

"오빠가 해군 장교여서 놀러오라고 불렀거든요. 해군도 나쁘지 않대요. 실직할 염려도 없고, 복지 체계도 잘되어 있고요. 학생 시절엔 베트남전쟁이 한창이어서 친척 중에 직업군인이 있는 것만으로도 주눅이 들었지만, 세상이란 건 변하더라고요."

나는 애매하게 고개를 끄덕였다.

"해군 하니 말인데, 내 전남편도 해군 출신이었어요. 해군 항공대, 제트기 조종사였죠. 당신, 유나이티드 에어라인이라고 아세요?"

"알고 있습니다."

"그는 해군을 제대하고 그곳 조종사가 됐어요. 난 당시 스튜어디스였는데, 그러다 가까워져서 결혼을 했죠. 그게 나인틴 세븐티…… 몇 년이었더라, 어쨌든 육 년 전 일이에요. 뭐, 흔한 이야기지만."

"그런가요?"

"네. 에어라인의 기내 스태프는 워낙 근무 시간이 일정치 않으
니까, 아무래도 동료들끼리 짝을 짓게 돼요. 일반인들과는 신경
을 쓰는 방식이 좀 다른 직업이죠. 그래서 결혼과 동시에 퇴직했
더니, 그는 또다른 스튜어디스와 사귀더군요. 그것도 흔히 있는
일이죠. 스튜어디스에서 스튜어디스로 옮겨가는 것."

"지금은 어디 사십니까?" 나는 화제를 바꾸었다.

"로스앤젤레스." 여자가 말했다. "혹시 로스앤젤레스에 가본
적 있으세요?"

"노." 내가 대답했다.

"난 로스앤젤레스가 고향이에요. 그러다 아버지 직업 관계로
솔트레이크시티로 옮겼죠. 솔트레이크시티에 가본 적은요?"

"노." 내가 말했다.

"그런 곳은 갈 게 못 돼요. 고등학교를 나와서 플로리다의 대
학에 갔고, 대학을 나와서는 뉴욕으로 갔고, 결혼해서는 샌프란
시스코, 그리고 이혼한 후 다시 로스앤젤레스. 결국 처음으로 되
돌아온 거죠." 그녀는 그렇게 말하며 고개를 저었다.

나는 그녀처럼 살찐 스튜어디스를 그때까지 한 번도 본 적이
없었기 때문에 왠지 기이한 기분이 들었다. 체격 좋은 레슬러 같

은 스튜어디스나 팔뚝이 굵고 엷게 콧수염이 난 스튜어디스라면 몇 번 본 적이 있지만, 뒤룩뒤룩 살이 찐 스튜어디스는 또다른 이야기였다. 어쩌면 유나이티드 에어라인은 그런 걸 별로 신경 쓰지 않는지도 모른다. 아니면 당시는 지금보다 훨씬 날씬했을지도 모른다. 아닌 게 아니라 그녀는 날씬하기만 하다면 나름대로 매력적인 여성이었을 거라고 나는 추측했다. 아마 그녀는 결혼해서 지상에 내려온 뒤로 급격히, 비행선처럼 살이 찌기 시작했을 것이다. 그녀의 팔다리는 마치 과장되게 만든 원시예술의 인물상처럼 하얗고 퉁퉁했다.

그렇게 살이 찌면 어떤 기분일까, 하는 생각을 잠시 해보았다. 그러나 더위 탓에 거의 아무것도 생각할 수 없었다. 세상에는 상상하기에 적합한 날씨와 그렇지 않은 날씨가 있다.

"당신은 어디 묵고 있어요?" 여자가 물었다.

나는 내가 머무는 별장식 호텔을 손가락으로 가리켰다.

"혼자 왔나요?"

"아뇨." 나는 고개를 저었다. "아내와 같이 왔습니다."

여자는 빙그레 미소지으며 고개를 약간 갸웃했다.

"신혼여행?"

"결혼한 지 육 년째입니다." 나는 말했다.

"흐음." 여자는 말했다. "그런 나이로 보이지 않는걸요."

나는 왠지 거북스러워져서 자세를 바꿔 다시 해변으로 시선을 돌렸다. 빨갛게 칠한 조망대 위에는 여전히 사람의 모습이 없었다. 수영하는 사람의 수가 적으니 구조대원 청년도 지루해서 어딘가로 사라져버린 것이다. 그가 없을 때는 '구조대 부재중, 각자 책임하에 수영해주시오'라고 쓰인 팻말이 내걸린다. 구조대원은 새까맣게 그을린 말수 적은 청년이었다. 처음 해변에 나왔을 때, 나는 그에게 이 근처에 상어가 없는지 물어보았다. 그는 잠시 묵묵히 내 얼굴을 보더니 양손을 80센티미터쯤 벌려 보였다. '있어도 이 정도'라는 뜻인 듯했다. 그래서 나는 안심하고 혼자 헤엄쳤다.

휠체어 모자의 모습도 아직 보이지 않았다. 그들이 언제나 앉아 있는 벤치에는 하얀 반소매 셔츠를 입은 노인이 혼자 앉아서 신문을 읽고 있었다. 미국인들은 아직 비치발리볼을 계속하고 있었다. 물가에서는 아이들이 모래성을 만들기도 하고, 서로 물을 끼얹기도 하며 놀고 있었다. 그 둘레로 파도가 작은 거품이 되어 부서졌다.

이윽고 먼바다 쪽에서 올리브그린색 헬리콥터 두 대가 모습을 나타내더니, 마치 중대한 소식을 전하러 온 그리스비극 속의 특사처럼 무겁게, 우리 머리 위를 굉음과 함께 통과해 내륙으로 사라져갔다. 그동안 우리는 묵묵히 그 거대한 비행체를 눈으로 좇고 있었다.

"저렇게 하늘에서 우리를 내려다보면 우리 모습이 굉장히 행복해 보이지 않을까요?" 여자가 말했다. "아주 평화롭고, 즐겁고, 아무 생각도 하지 않는 것 같고. 마치, 음…… 가족사진처럼. 그렇지 않아요?"

"그럴지도 모르겠군요." 내가 말했다.

적당한 틈을 봐서 나는 그녀에게 작별인사를 하고 바다에 뛰어들어 물가까지 헤엄쳤다. 헤엄치는 동안 나는 계속 아이스박스 안의 차가운 맥주를 생각했다. 도중에 멈춰 부표 쪽을 돌아보자 그녀가 내게 손을 흔들었다. 나도 가볍게 손을 들었다. 멀리서 보니 그녀는 진짜 돌고래 같았다. 저러다 지느러미가 생겨서 바닷속으로 돌아가버리는 게 아닐까 하는 생각이 들 정도였다.

방으로 돌아와 짧은 낮잠을 자고, 여섯시쯤 식당에 가서 언제나처럼 저녁식사를 했지만, 모자의 모습은 보이지 않았다. 식당에 돌아왔을 때도 평소와 달리 그들의 방 문은 꼭 닫혀 있었다. 불투명 유리가 박힌 작은 창으로 방의 불빛이 흘러나왔지만, 모자가 아직 그곳에 있는지 어떤지는 판단할 수 없었다.

"그 두 사람은 이제 떠난 걸까?" 나는 아내에게 물어보았다.

"글쎄. 그런 줄도 몰랐네. 워낙 조용한 사람들이라 유심히 보지도 않아서, 잘 모르겠어." 그녀는 원피스를 접어 여행가방에 넣으면서 흥미 없다는 듯이 말했다. "그런데 왜?"

"아냐, 아무것도. 두 사람 다 해변에 보이지 않기에 그냥 걱정이 돼서."

"그럼 아마 떠났겠지. 그 사람들도 여기 꽤 오래 머물렀던 것 같던데."

"그렇겠지." 나는 말했다.

"빠르든 늦든 모두 어딘가로 떠나. 언제까지나 이런 생활을 계속할 수도 없는 거잖아."

"그건 그래." 나는 말했다.

그녀는 여행가방을 닫고 그것을 문 옆에 세워두었다. 여행가방은 뭔가의 그림자처럼, 그곳에 조용히 웅크리고 있었다. 우리의 휴가는 드디어 끝나가고 있었다.

잠이 깼을 때, 나는 얼른 베갯머리의 시계를 보았다. 녹색 야광 염료가 칠해진 시곗바늘은 한시 이십분을 가리키고 있었다. 내가 눈을 뜬 것은 이상할 정도로 격렬한 심장박동 탓이었다. 마치 뭔가가 몸 전체를 뒤흔드는 듯한 느낌이었다. 심장 부근을 보니 피부가 작게 떨리는 것이 밤중에도 눈에 확연히 보였다. 나로서는 처음 겪는 일이었다. 나는 예전부터 남들보다 심장이 훨씬 튼튼하고 맥박수도 적었다. 운동을 좋아하는 편이어서 병 한 번

걸린 적이 없다. 그래서 무슨 발작처럼 이런 식으로 가슴이 흥분되는 일은 있을 수 없었다.

나는 침대에서 카펫 위로 내려와 가부좌를 틀고 앉아 등을 곧게 펴고 깊이 숨을 들이마셨다가 내뱉었다. 어깨 힘을 빼고 배꼽 주위에 신경을 집중했다. 몸을 부드럽게 하는 근육 스트레칭 같은 것인데, 몇 번 계속하다보니 맥박이 조금씩 약해지고, 이윽고 평소와 다름없이 신경써서 듣지 않으면 감지할 수 없을 만큼 희미하고 작은 신음 같은 것으로 물러났다.

아마 수영을 너무 많이 한 탓일 거라고 생각했다. 그리고 강한 자외선, 피로의 축적—그런 몇 가지 원인이 겹쳐 내 몸을 짧은 순간 흔들어놓은 것일 터이다. 나는 벽에 기대 다리를 똑바로 펴고 손발을 여러 방향으로 천천히 움직여보았다. 아무데도 이상이 없다. 심장의 움직임도 완전히 정상으로 돌아와 있었다.

그렇지만 그 호텔방 카펫 위에서, 나는 나 자신이 이미 청년기에서 벗어나 체력적으로 쇠퇴기에 들어선 인간임을 생각하지 않을 수 없었다. 나는 확실히 아직 젊기는 하지만, 그렇다고 그늘 하나 없는 젊음은 아니었다. 그것은 불과 몇 주 전에 다니던 치과 의사가 지적한 점이기도 했다. 치아에 비교해서 설명하자면, 앞으로는 닳아서 마모되거나 흔들리거나 빠지는 과정밖에 남지 않았습니다, 하고 그 의사는 말했다. 그 점을 명심하십시오. 당신이 할 수 있는 건 그걸 조금이라도 늦추는 것뿐입니다. 막을 수는 없습니다. 늦출 수 있을 뿐입니다.

창으로 들어오는 하얀 달빛 아래 아내는 곤히 잠들어 있었다. 마치 죽은듯이 숨소리 하나 내지 않았다. 그녀는 보통 언제나 그런 식으로 잔다. 나는 땀에 젖어 축축해진 파자마를 벗고 새 반바지와 티셔츠로 갈아입었다. 그리고 테이블 위에 있던 와일드 터키의 포켓 병을 주머니에 찔러넣고, 아내가 깨지 않도록 살며시 문을 열고 밖으로 나왔다. 밤공기는 서늘하고 지표에는 축축한 풀 냄새가 아지랑이처럼 떠돌았다. 마치 거대한 동굴 바닥에 서 있는 듯한 느낌이었다. 달빛이 꽃잎과 커다란 잎과 잔디가 깔린 정원을 낮과는 또다른 색으로 물들이고 있었다. 필터를 통해 세계를 바라볼 때처럼, 어떤 것은 실제 이상으로 선명하게 빛나고, 또 어떤 것은 생기를 잃은 잿빛 속으로 잠겨들고 있었다.

졸리지는 않았다. 아예 처음부터 졸음이라는 것은 존재하지 않았던 양, 내 의식은 차가운 도자기처럼 깨어 있었다. 나는 이렇다 할 목적 없이 호텔 주변을 천천히 한 바퀴 돌았다. 사방은 고요해서 파도 소리 말고는 아무것도 들리지 않았다. 그 소리조차도 꼼짝 않고 서서 귀를 기울이지 않으면 제대로 알아들을 수 없을 정도였다. 나는 멈춰 서서, 주머니에서 위스키 병을 꺼내 병째로 마셨다.

호텔을 한 바퀴 돈 후, 나는 달빛 아래서 얼음을 채운 둥그런 연못처럼 보이는 잔디 정원 한가운데를 가로질러보았다. 그리고 허리 높이까지 오는 정원수를 따라 걷다가 작은 계단을 올라가 열대풍의 가든 바로 나왔다. 나는 매일 밤 이곳에서 보드카 토닉을 두 잔씩 마셨는데, 물론 바는 닫혀 있었다. 정자풍의 칵테일 스탠드에는 셔터가 내려져 있고, 정원에는 열두 개 정도의 둥그런 테이블이 흩어져 있었다. 똑바로 접힌 파라솔은 마치 날개를 쉬는 거대한 밤의 새 같았다.

휠체어를 탄 청년은 그 테이블 위에 턱을 괴고 혼자 바다를 보고 있었다. 휠체어의 금속이 달빛을 듬뿍 머금어 얼음 같은 흰색으로 빛나고 있었다. 그것은 멀리서 보면 마치 밤을 위해 준비된 특수한 목적의 정밀한 금속기계 같았다. 휠체어 바퀴의 살이 기이하게 진화한 짐승의 이빨처럼 어둠 속에서 불길한 빛을 발하고 있었다.

그가 혼자 있는 것을 본 것은 그것이 처음이었다. 나는 아주 자연스럽게 그의 모습과 그의 어머니 모습을 일체화해 생각했기에, 그가 혼자 있는 것을 보는 기분은 참으로 묘했다. 그런 광경을 목격한 것 자체가 결례가 아닌가 하는 생각조차 들 정도였다. 그는 예의 알로하셔츠와 면바지를 입고 있었다. 그리고 미동 하나 없이 같은 자세로 물끄러미 바다를 보고 있었다.

나는 어떻게 할까 잠시 망설였지만, 결심하고, 가능한 한 그를 놀래지 않도록 그의 시야에 들어가는 방향에서 천천히 그쪽으로 걸어갔다. 내가 2, 3미터 거리까지 다가가자 그는 이쪽으로 얼굴을 돌리고 평소와 같이 목례를 했다.

"안녕하세요." 나는 밤의 고요에 맞춰 작은 소리로 말했다.

"안녕하세요." 그도 작은 목소리로 인사를 받았다.

나는 그의 옆 테이블 의자를 끌어다 앉았다. 그리고 그가 바라보는 것과 거의 같은 방향을 바라보았다. 해안에는 반으로 자른 머핀처럼 들쭉날쭉하게 뾰족한 키 작은 바위 밭이 쭉 펼쳐져 있고, 그곳으로 그리 크지 않은 파도가 밀려왔다. 파도는 바위 사이에서 섬세한 프릴처럼 하얗게 부서졌다가 다시 밀려났다. 때때로 그 프릴 모양이 미묘하게 변화했지만, 파도의 크기 자체는 언제나 자로 잰 듯 똑같았다. 시계추처럼 단조롭고 부드러운, 이렇다 할 특징 없는 파도였다.

"오늘은 해변에서 안 보이시더군요." 나는 테이블 너머로 말을 걸었다.

그는 가슴 위로 팔짱을 끼고 내 쪽을 향했다.

"네, 그랬죠." 그가 말했다.

그리고 한동안 그는 조용히 숨을 쉬었다. 마치 잠든 사람의 그것 같았다.

"오늘은 종일 방에서 쉬었습니다." 그는 말했다. "실은 어머니가 컨디션이 안 좋아서요. 하지만 컨디션이라고 해서 어디 몸이 구체적으로 안 좋았던 건 아니고요. 이를테면 정신적인 것이죠. 신경성이라고 할까, 신경이 예민해졌어요."

그는 그렇게 말한 뒤 오른손 가운뎃손가락으로 몇 번인가 볼을 문질렀다. 한밤중인데도 그의 뺨은 수염이 자란 자국도 없고, 마치 도자기처럼 매끄럽고 반질거렸다.

"그러나 이제 괜찮습니다. 지금은 푹 잠들었어요. 어머니의 경우는 제 다리와 달리 하룻밤만 자면 낫습니다. 물론 완치되는 것은 아닙니다만, 일단 겉보기로는 나아요. 아침이 되면 다시 건강해지시죠."

그는 이삼십 초인가 일 분 동안 그대로 입을 다물고 있었다. 나는 테이블 아래로 꼬고 있던 다리를 풀고 물러날 틈을 살폈다. 나는 항상 물러날 틈만 살피며 사는 것 같다. 아마 성격 탓일 것이다. 그러나 내가 입을 열기 전에 그가 먼저 이야기를 시작했다.

"이런 이야기는 지루하시죠?" 그는 말했다. "건강한 사람에게 병 이야기를 하는 것은 확실히 촌스러운 짓일 겁니다."

그렇지 않다, 하고 나는 말했다. 하나부터 열까지 빈틈없이 건강한 사람은 어디에도 없다고. 그러자 그는 가볍게 고개를 끄덕였다.

"신경성 병이 나타나는 방식은 천차만별이죠. 원인은 하나지만 결과는 무수하고요. 마치 지진과 같아요. 방출되는 에너지의 질은 똑같은데, 그것이 분출하는 장소에 따라 지상에 나타나는 현상이 완전히 달라져버리죠. 섬이 하나 생길 때가 있는가 하면 섬이 하나 가라앉을 때도 있고."

그는 하품을 했다. 그리고 하품을 끝내고는 "실례"라고 했다.

그는 몹시 지쳐 있어서 금방이라도 잠이 들 것 같아 보여, 나는 그에게 이제 그만 방으로 돌아가서 쉬는 편이 낫지 않겠냐고 말해보았다.

"아뇨, 신경쓰지 마세요." 그가 말했다. "졸려 보일지 모르겠습니다만, 전혀 졸리지 않아요. 전 하루에 네 시간 정도만 자면 충분하고, 그것도 새벽녘에 잠깐밖에 자지 않습니다. 그래서 이 시간에는 대부분 이곳에 멍하니 앉아 있죠. 신경쓰지 마세요."

그는 그렇게 말하며 테이블 위의 재떨이를 손에 들고, 그것을 아주 소중한 무언가처럼 찬찬히 바라보았다.

"어머니 경우는 뭐랄까―신경이 곤두서면 얼굴 반쪽이 점점 굳어진답니다. 차가워지며―입이며 눈이 잘 움직이지 않게 돼요. 기묘하다면 기묘한 증세죠. 그러나 그런 걸 필요 이상으로 심각하게 생각하진 말아주세요. 그것이 무슨 치명적인 것에 직접적으로 연결되지는 않으니까요. 그냥 증세죠. 자고 나면 고쳐

지는."

나는 고개를 끄덕였다.

"그리고 제가 이런 얘기 한 거 어머니께는 말씀하지 말아주세요. 어머니는 당신 몸에 대한 얘길 하는 걸 아주 싫어하시거든요."

"물론이죠. 그리고 우린 내일 아침에는 이곳을 떠나기 때문에, 이야기할 기회도 이제 없을 겁니다."

그는 주머니에서 손수건을 꺼내 코를 풀고, 그 손수건을 다시 원래대로 넣더니, 뭔가 생각하듯 한참이나 눈을 감고 있었다. 마치 어딘가로 나가려다 되돌아온 듯한 침묵이 한동안 계속되었다. 아마 그의 기분이 올라갔다 내려갔다 하는 것이리라고 나는 상상했다.

"쓸쓸해지겠군요." 그가 말했다.

"아쉽지만 일 때문에요." 내가 말했다.

"하지만 돌아갈 곳이 있다는 건 좋은 일이죠."

"돌아갈 장소에 따라서 그렇겠죠." 나는 웃으며 말했다. "당신은 여기 오래 머무셨나요?"

"이 주—정도 됐군요. 정확하게 며칠째인지는 잘 모르겠지만, 대충 그럴 겁니다."

앞으로 더 오래 머물 것인지 나는 물어보았다.

"글쎄요." 그는 고개를 가볍게 좌우로 저었다. "한 달이 될지 두 달이 될지 상황에 따라 달라질 거라서요. 전 모르겠습니다. 그건 제가 정할 일이 아니에요. 매형이 이 호텔의 주식을 많이 가지고 있어서 우린 아주 싸게 머물 수 있거든요. 제 아버지는 타일 회사를 경영하시는데, 매형이란 사람이 사실상 그 뒤를 이을 겁니다. 솔직히 말하자면 전 그 매형을 별로 좋아하지 않지만, 가족은 싫고 좋은 걸 선별할 수 있는 게 아니니까요. 게다가 제가 싫어한다고 해서 그 매형이 정말 나쁜 사람인지 어떤지도 모르겠고. 건강하지 못한 인간은 때로 몹시 편협해질 때가 있어서 말입니다."

그는 그렇게 말하며 또 눈을 감았다.

"어쨌든 그는 타일을 무수히 만들어냅니다. 맨션 현관에 사용하는 고급스런 타일이요. 그리고 여러 회사의 주식도 잔뜩 가지고 있죠. 한마디로 말해서 수완가예요. 아버지도 마찬가집니다. 요컨대 우리는─제 가족 말입니다만─건강한 사람과 건강하지 못한 사람, 효율적인 사람과 비효율적인 사람으로 확실히 나뉘어 있죠. 그래서 그 결과, 그 외의 기준이라는 게 아무래도 불명확해지는 경향이 있습니다. 건강한 인간이 타일을 만들고 재산을 늘리고 탈세를 해서, 건강하지 못한 인간을 부양하는 겁니다. 시스템적으로는, 기능성 자체는 아주 잘 만들어져 있죠."

그는 웃으며 재떨이를 테이블 위에 되돌려놓았다.

"모두가 정해요. 여기 한 달 있어라, 저기 두 달 있어라, 하고요. 그래서 전 여기 내렸다 저기 내렸다 하는 비처럼 왔다갔다 하는 겁니다. 정확하게 말하면 저와 어머니 말이지만."

말이 끝나자 그는 또 하품을 하며 해안으로 시선을 돌렸다. 여전히 파도가 기계적으로 바위에 부딪히고 있었다. 하얀 달은 바다 저 위쪽에 떠 있었다. 나는 시간을 보려고 습관적으로 손목을 보았지만 시계는 없었다. 방 침대 옆 테이블에 두고 온 것이다.

"가정이란 건 왠지 기묘해요. 그것이 잘 풀리든 그렇지 않든." 그는 눈을 가늘게 뜨고 바다를 바라보며 그렇게 말했다. "당신에게도 가정이 있겠죠?"

있다고도 할 수 있고, 없다고도 할 수 있다고 나는 말했다. 아이가 없는 부부를 가정이라고 부를 수 있을지 어떨지 난 잘 모르겠다. 그건 따지고 보면 어떤 전제를 가진 계약에 지나지 않는다. 나는 그렇게 말했다.

"그렇군요." 그가 말했다. "가정이라는 것은 본질적으로는 그 자체가 전제가 되어야 합니다. 그렇지 않으면 시스템이 순조롭게 기능하지 않아요. 그런 면에서는 전 하나의 표적 같은 존재죠. 많은 것들이 제 움직이지 않는 다리를 중심으로 작동한다고도 할 수 있어요. ……제가 하는 말의 의미를 아시겠어요?"

알 것 같다고 나는 말했다.

"결핍은 더욱 고도의 결핍으로 향하고, 과잉은 더욱 고도의 과잉으로 향한다는 것이 그 시스템에 대한 저의 견해입니다. 드뷔시는 자기 오페라 작곡이 자꾸 지연되는 것에 대해 이렇게 표현했지요. '그녀가 만든 무無를 뒤쫓다가 날이 새버렸다'라고요. 제일은 말하자면 그런 무를 창조하는 거예요."

그는 다시 입을 다물고, 다시금 자신의 불면증적인 침묵 속에 잠겨들었다. 시간은 많았다. 그의 의식은 훨씬 먼 변경을 헤맨 뒤 다시 돌아왔지만, 돌아온 포인트는 출발점과 조금 어긋나 있는 듯했다.

나는 주머니에서 위스키 병을 꺼내 테이블 위에 올렸다.

"괜찮다면 좀 드시겠습니까? 잔은 없습니다만." 나는 말해보았다.

"아뇨" 하고 말하며 그는 아주 약간 미소지었다. "전 술을 못합니다. 수분을 거의 섭취하지 않아요. 그러니 신경쓰지 말고 드세요. 다른 사람이 술을 마시는 걸 보는 건 그리 싫어하지 않으니까요."

나는 입속에 위스키를 병째로 들이부었다. 위 속이 따뜻해지자 잠시 눈을 감고 그 따뜻함을 맛보았다. 그는 그런 내 모습을 옆 테이블에서 말끄러미 바라보고 있었다.

"그런데 이상한 질문 같지만, 나이프에 대해서 잘 아십니까?"

"나이프?" 나는 깜짝 놀라 되물었다.

"네, 나이프. 물건을 자르는 나이프요. 헌팅 나이프요."

헌팅 나이프에 대해서는 잘 모르지만, 그다지 크지 않은 캠핑용 나이프와 스위스 군용 나이프라면 사용해본 적이 있다고 나는 대답했다. 그러나 물론 그렇다고 해서 특별히 나이프에 관해 상세한 지식이 있을 리는 없다.

내 대답에 그는 손으로 휠체어 바퀴를 돌리면서, 내 테이블로 다가와 테이블 너머로 나와 마주보았다.

"실은 당신이 잠깐 봐주셨으면 하는 나이프가 있습니다. 두 달 전에 이걸 손에 넣었는데, 이런 것에 대한 지식이 전혀 없어서요. 누가 그게 어느 정도의 것인지, 대충이라도 좋으니까 좀 가르쳐주었으면 했답니다. 혹시 폐가 되지 않는다면 말이지만요."

폐가 될 리 있나요, 나는 말했다.

그는 주머니에서 길이 10센티미터 정도의 나무 조각 같은 걸 꺼내 테이블 위에 올려놓았다. 활처럼 아주 아름다운 커브를 그리는 옅은 갈색의 나무 조각이었다. 테이블에 놓자 탁 하고 단단하고 무게 있는 소리가 났다. 소형 접이식 헌팅 나이프였다. 소형이라고는 하지만 꽤 폭과 두께가 있는 그럴듯한 것이었다. 헌팅 나이프라면 적어도 곰 가죽을 벗길 정도는 된다.

"이상하게 생각하지는 마십시오." 청년은 말했다. "이걸 사용해서 사람을 해치거나, 혹은 자해를 할 생각은 전혀 없습니다. 그저 어느 날 문득 나이프란 것이 몹시 갖고 싶어졌습니다. 어째서인지 모르겠습니다. 텔레비전이나 소설 같은 데서 나이프에 대한 걸 보았는지 읽었는지 모르겠지만, 그것도 잘 기억나지 않습니다. 그러나 어쨌든 제 나이프를 꼭 갖고 싶었습니다. 그래서 친구에게 부탁해서 이걸 사다달라고 한 겁니다. 스포츠용품점에서 사다주었죠. 어머니께는 물론 비밀이고, 그 친구 외의 어느 누구도 제가 나이프를 주머니에 넣고 다닌다는 사실을 모릅니다. 저만의 비밀인 셈이죠."

그는 테이블 위에서 나이프를 집어들어, 마치 미묘한 무게를 재기라도 하듯이 한동안 손바닥에 올리고 있더니, 이윽고 테이블 너머로 내게 건넸다. 나이프는 묵직했다. 나무 조각으로 보였던 것은 놋쇠를 도려낸 손잡이 표면에 미끄럼 방지용 나무를 끼워넣은 것으로, 본체는 거의 놋쇠와 강철로 되어 있었다. 그래서 보기보다는 상당히 무게가 나갔다.

"칼날을 꺼내보세요." 그가 말했다.

나는 칼자루 윗부분에 뚫린 우묵한 곳을 누르고 둔중한 칼날을 손가락으로 잡아당겼다. 찰칵하는 마른 소리가 나며 날이 단단히 고정되었다. 칼의 길이는 8, 9센티미터쯤 될까. 날이 고정된 나이프를 손에 든 나는 그 묵직한 느낌에 새삼 놀랐다. 그저 단순히 무거운 것이 아니다. 그것은 마치 손바닥을 빨아들이는 듯한 기묘한 무게였다. 약간 힘있게 손을 상하좌우로 흔들어보면 잘 알 수 있는데, 제 무게 탓으로 손잡이는 거의 흔들림 없이 손의 움직임을 잘 따라왔다. 손잡이 커브도 이상적일 만큼 손에 착 감겼다. 꽉 잡아도 부자연스런 감촉이 전혀 없고, 손가락을 벌려도 그것은 손안에 그대로 있었다.

칼날 모양도 훌륭했다. 두꺼운 강철로 시원스럽게 다듬어졌고, 배 부분은 매끄러운 라인을 그리며, 등 부분은 '찌르기'를 위한 거친 톱니 모양이었다. 생생한 블러드 가터도 제대로 나 있었다.

나는 달빛 아래서 조심스레 그걸 점검하고 시험 삼아 몇 번 가볍게 휘둘러보았다. 디자인과 사용감이 딱 맞아떨어지는 고급 나이프였다. 아마 날도 대단히 잘 들 게 틀림없다.

"좋은 나이프군요." 나는 말했다. "자세한 것은 모르겠지만, 손에 착 붙고 날도 탄탄해 보이고, 균형도 맞고 훌륭합니다. 기름칠해서 잘 관리하면 평생 쓰겠군요."

"헌팅 나이프치고 작진 않습니까?"

"이만하면 충분해요. 너무 크면 의외로 사용하기 힘들어요."

나는 나이프의 날을 찰칵 소리 나게 접어 그에게 돌려주었다. 그는 한 번 더 그 날을 꺼내 손안에서 한 바퀴 재주 좋게 돌렸다. 마치 곡예 같지만, 손잡이가 무거우니까 그런 것도 가능한 것이다. 그리고 마치 총을 조준하듯이 한쪽 눈을 감고 달을 향해 똑바로 나이프를 겨누었다. 달빛이 그의 나이프와 그의 휠체어를, 마치 부드러운 살을 뜯어낸 하얀 뼈처럼 선명하게 비추었다.

"뭔가 한번 잘라보시지 않겠습니까?" 그가 말했다.

특별히 거절할 이유도 없어서, 나는 그 나이프를 받아들고 근처의 야자수 줄기를 몇 번 찔러보기도 하고, 나무껍질을 비스듬하게 도려내보기도 했다. 그리고 풀 옆에 놓여 있던 스티로폼으로 만든 싸구려 판을 두 개로 깨끗하게 갈랐다. 몹시 잘 들었다.

나는 눈에 띄는 주변의 것을 하나하나 자르고 베면서, 문득 낮에 부표 위에서 만났던 뚱뚱한 백인 여자를 떠올렸다. 그녀의 하얗게 부푼 육체가 피폐한 구름처럼 공중에 떠 있는 듯한 느낌이 들었다. 부표며 바다며 하늘이며 헬리콥터가 원근감을 잃은 하나의 카오스가 되어 내 주변을 둘러싸고 있었다. 나는 몸의 균형을 잃지 않도록 주의하면서 조용히 천천히, 나이프를 공중에 그어댔다. 밤의 대기는 기름처럼 매끄러웠다. 내 움직임을 가로막는 것들도 없었다. 밤은 깊고, 시간은 부드러운 수분이 스며든 육체 같았다.

"이따금 저는 꿈을 꿉니다." 청년은 말했다. 그의 목소리는 어딘가 깊은 동굴 속에서 올라오는 것처럼 울렸다. "마치 제 머리 안쪽에서 기억의 부드러운 살을 향해, 나이프가 비스듬히 꽂혀 있는 듯한 꿈입니다. 별로 아프지는 않습니다. 그저 꽂혀 있을 뿐. 그리고 여러 가지 것이 점점 사라져가다. 나중에는 나이프만 백골처럼 남죠. 그런 꿈입니다."

보충하는 이야기들

『회전목마의 데드히트』

여기 수록된 작품은 『IN · POCKET』이라는 고단샤의 문고 PR 지에 실린 것이다. 내가 『군조』 신인상을 받았을 때 담당 편집자였던 M씨가 『군조』에서 이 『IN · POCKET』 편집부로 옮기며 청탁해 연재를 시작했다. 아마 창간호부터 일 년 반 정도 격월로 연재했을 것이다. 한 편당 매수는 400자 원고지 30매 정도였다.

이 연재의 주제는 '듣고 쓰기'였다. 쓰는 것은 일인칭 '나'지만 실제로 이야기하는 것은 다른 누군가다. 나는 그 이야기를 듣고 있을 뿐이다. 그러나 이것들은―지금이니까 고백하지만―전부 창작이다. 이들 이야기에 모델은 일절 없다. 처음부터 끝까지 내가 지어낸 것이다. 나는 그저 듣고 쓰기라는 형식을 이용해 이야기를 만들었을 뿐이다. 그런 의미에서 이 작품들은 창작된 '소설'이다. 그러나 읽어보면 아시겠지만, 여기 수록된 작품은 또한 하나같이 '소설'이 아니다. 그것들은 어디까지나 듣고 쓴 것에 지나지 않는다.

내가 이 연재에서 시도한 것은 아주 명확하다. 바로 리얼리즘 문체 훈련이다. 내가 어디까지 리얼리즘 문체로 얘기를 만들어 갈 수 있을까 하는 것이 당시의 테마였다. 그리고 그 연습을 위해서는 아무래도 '듣고 쓰기'라는 카무플라주가 필요했다. 내가 듣고 쓰기라는 방법을 취한 직접적인 이유는 스콧 피츠제럴드의 『위대한 개츠비』 속 화자, 닉 캐러웨이라는 인물에게 예전부터 흥미를 느꼈기 때문이었다. 물론 닉 캐러웨이라는 인물 자체에는 별다른 의미가 없다. 그러나 피츠제럴드는 닉 캐러웨이라는 인물을 얻음으로써 자신을 상대화하여, 제이 개츠비라는 인물을 멋지게 그려내는 데 성공했다. 나 역시 리얼리즘의 세계로 가는 입구는 이것 외에 없다고 생각했다. 그래서 나는 자신을 철저하게 듣는 이에 한정하기로 했다.

이러한 리얼리즘 훈련의 도달점은 명백히 『노르웨이의 숲』이다. 말하자면 이 『회전목마의 데드히트』의 유사 리얼리즘을 다양한 각도에서 반복함으로써 『노르웨이의 숲』의 초안을 쓴 셈이다. 물론 두 내용에 공통된 부분은 거의 없다. 그러나 이러한 훈련

없이는, 그리고 느낌 없이는 『노르웨이의 숲』이라는 소설은 태어나지 못했을 것이다. 그런 의미에서 이 연작은 내게 큰 수확이었다. 이거라면 할 수 있다, 장편으로 끌고 갈 수 있다는 확실한 감이 왔다.

「글머리에 · 회전목마의 데드히트」와 「레더호젠」과 「침묵」은 『IN · POCKET』에 실리지 않았다. 앞의 두 편은 『회전목마의 데드히트』를 단편집으로 출간할 때 썼고, 「침묵」은 이번 전집을 위해 새롭게 썼다.* 그 외에 「BMW 차창 모양을 한 순수한 의미에서의 소모에 관한 고찰」이라는 작품이 있었지만 마음에 들지 않아 단행본에 싣지 않았고 이번에도 역시 뺐다. 큰맘 먹고 가필해볼까도 생각했지만 솔직히 엄두가 나지 않았다. 컬러 자체가 다른 작품들과 크게 달라서 딱히 정이 가지 않았다.

「글머리에 · 회전목마의 데드히트」는 서문 형식을 취하고 있다. 이것은 작가의 익스큐즈이자 카무플라주다. 여기 쓰인 것은 대부분 거짓이지만, 여기서 내가 하려는 말은 처음부터 끝까지 순수한 진실이다. 이는 어찌 보면 나의 솔직한 문학적 선언이기도 하다. 내가 여기서 시도한 것은 리얼리즘이라는 것을 시종일관 완전한 거짓말로 덧칠해보는 것이다. 손때 묻어 낡아빠진 리

---

* 이후 소설집 『렉싱턴의 유령』에 수록되었다.

얼리즘을 한 번 더 비틀어서, 그것을 나 나름대로의 방식으로 되살려보고 싶었다. 그리고 거기서 일종의 절대적인 진실 같은 것을 끄집어내고 싶었다.

개인적으로는 이 작품집에서 「레더호젠」의 완성도가 제일 높지 않나 생각한다. 그러나 가장 많이 화제에 오르는 것은 「풀사이드」다. 이 이야기가 참 실감난다고 여러 사람이 내게 말했다. 어쩌면 인생의 반환점이라는 소재가 무언가를 생각하게 만든 건지도 모르겠다. 나 스스로는 그런 생각을 한 번도 해본 적이 없지만. 그리고 「야구장」에 나오는 게 이야기도—소설의 줄거리와는 별로 관계없지만—꽤 많은 사람들이 기억해주었다. 이 소설을 읽은 뒤 게를 도저히 먹을 수 없게 되었다는 사람도 있었다.

지은이 **무라카미 하루키**

1949년 교토 출생. 1979년 『바람의 노래를 들어라』로 군조신인문학상을 수상하며 데뷔했다. 1982년 『양을 쫓는 모험』으로 노마문예신인상, 1985년 『세계의 끝과 하드보일드 원더랜드』로 다니자키 준이치로 상을 수상했다. 『노르웨이의 숲』 『중국행 슬로보트』 『여자 없는 남자들』 『기사단장 죽이기』 『수리부엉이는 황혼에 날아오른다』 『일인칭 단수』 『오래되고 멋진 클래식 레코드』 외 수많은 소설과 에세이로 전 세계 독자들의 사랑을 받고 있다.

옮긴이 **권남희**

일본문학 번역가. 무라카미 하루키의 '무라카미 라디오 시리즈'와 『더 스크랩』, 미우라 시온의 『배를 엮다』, 텐도 아라타의 『애도하는 사람』, 온다 리쿠의 『밤의 피크닉』, 아사다 지로의 『산다화』, 요시다 슈이치의 『퍼레이드』 등을 우리말로 옮겼다. 지은 책으로 『번역은 내 운명』(공저) 등이 있다.

문학동네 세계문학

회전목마의 데드히트

1판 1쇄 2010년 9월 10일 | 1판 2쇄 2013년 7월 12일
2판 1쇄 2014년 8월 28일 | 2판 5쇄 2023년 4월 14일

지은이 무라카미 하루키 | 옮긴이 권남희
책임편집 양수현 | 편집 황문정 박아름 오하나
디자인 김현우 유현아 | 저작권 박지영 형소진 오서영
마케팅 정민호 김도윤 한민아 이민경 안남영 김수현 왕지경 황승현 김혜원
브랜딩 함유지 함근아 박민재 김희숙 고보미 정승민
제작 강신은 김동욱 임현식 | 제작처 (주)상지사 P&B

펴낸곳 (주)문학동네 | 펴낸이 김소영
출판등록 1993년 10월 22일 제2003-000045호
주소 10881 경기도 파주시 회동길 210
전자우편 editor@munhak.com | 대표전화 031) 955-8888 | 팩스 031) 955-8855
문의전화 031) 955-1927(마케팅) 031) 955-2684(편집)
문학동네카페 http://cafe.naver.com/mhdn
인스타그램 @munhakdongne | 트위터 @munhakdongne
북클럽문학동네 http://bookclubmunhak.com

ISBN 978-89-546-2454-1 03830

www.munhak.com